MICHAEL CARROLL

CLAIR-DE-LUNE

traduit de l'anglais par
Michelle Tisseyre

ÉDITIONS PIERRE TISSEYRE
5757, rue Cypihot — Saint-Laurent, Québec, H4S 1R3

http//ed.tisseyre.qc.ca
E. mail: info@éd..tisseyre.qc.ca

Dépôt légal: 3ᵉ trimestre 1996
Bibliothèque nationale du Canada
Bibliothèque nationale du Québec

Données de catalogage avant publication (Canada)

Caroll, Michael

Clair-de-lune

(Collection des Conquêtes ; 61. Traduction)
Traduction de: Moonlight.

ISBN 2-89051-625-3

I. Tisseyre, Michelle. II. Titre   III. Collection:
Collection Conquêtes traduction; 61.

PZ23.C37Cl 1996   jC823' .9144 C96-940885-4

L'édition originale en langue anglaise
de cet ouvrage a été publiée par
The O'Brien Press, Dublin
sous le titre
Moonlight

Illustration de la couverture et illustrations intérieures:
Pierre Lacroix

10843

Copyright © Ottawa, Canada, 1996
Éditions Pierre Tisseyre
ISBN-2-89051-625-3
1234567890 IML 9876

Clair-de-Lune

La collection Conquêtes/Traduction est dirigée par Marie-Andrée Clermont

Les Éditions Pierre Tisseyre ont mis sur pied, en 1980, la collection des Deux solitudes, jeunesse (dont les nouveautés paraissent maintenant dans la collection Conquêtes/Traduction), dans le but de faire connaître aux jeunes lecteurs francophones du Québec et des autres provinces les ouvrages les plus importants de la littérature canadienne-anglaise.

Cette fois-ci, il s'agit d'un ouvrage particulièrement passionnant qui nous vient de l'Irlande.

Nous tenons à remercier chaleureusement le ministère irlandais de la Culture pour la subvention obtenue pour la traduction de ce roman.

À mon ami et mentor,
le barde de l'Irlande,
Michael Scott

1

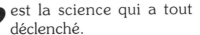'est la science qui a tout déclenché.

Elle, qui a mis en orbite les satellites de détection, permis à leurs ordinateurs et à leurs systèmes de communication de fonctionner, et doté les gens de l'habileté de voir et de comprendre bien au-delà de leurs facultés normales.

Depuis la révolution industrielle, la terre n'a cessé de se réchauffer; un réchauffement qui entraîne souvent de sérieux effets secondaires.

Les images satellites du glacier norvégien en fusion, agrandies par ordinateur, parurent d'abord assez normales. Mais un technicien à l'œil vif devait y déceler une tache sombre, enfouie dans les profondeurs du glacier. Celui-ci était situé à l'ouest de Nordkapp, une pointe de terre qui s'avançait dans le cercle arctique, à l'extrême nord du pays.

Les glaciers ne sont pas que d'immenses blocs de glace. Ils mettent des centaines, voire des milliers d'années à se former et se composent de la superposition d'innombrables couches de neige et de glace broyées, auxquelles se sont incorporées de la roche pulvérisée et de la boue, ramassées au cours de leur croissance et de leurs déplacements.

Il est rare d'y trouver une carcasse animale congelée. C'est pourquoi la tache sombre repérée dans le glacier norvégien suscita un certain intérêt dans les médias internationaux.

○

Cathy Donnelly observait, du coin de l'œil, sa tante qui s'apprêtait à sortir pour la soirée. Elles vivaient toutes deux dans un vieux logement à deux chambres, au cœur de Dublin.

Cathy avait treize ans. Sa tante en comptait presque trois fois plus, ce qui ne l'empêchait pas de gambader étourdiment dans le logement, telle une adolescente.

— Comment me trouves-tu? demanda-t-elle à sa nièce.

Cathy leva les yeux. «Tu as l'air d'une femme qui fait semblant d'avoir dix ans de moins», pensa-t-elle. Sans le dire tout haut, bien entendu. Elle s'efforça, au contraire, d'afficher un grand sourire:

— Formidable !

Ravie, Margaret attrapa au vol sa veste et son sac à main.

— Je suis en retard. J'ai dit à Dave que je le rencontrerais à huit heures!

Elle courut à la porte, s'arrêta brusquement et se retourna en fronçant les sourcils:

— Je serai de retour vers onze heures. J'espère bien que tu seras couchée. As-tu rangé ta chambre?

Cathy poussa un soupir. «Ça recommence! se dit-elle. Je savais bien que sa bonne humeur ne pouvait pas durer!»

— Oui, je l'ai rangée, répondit-elle.

— Alors, passe l'aspirateur partout. Et n'oublie pas d'essuyer la vaisselle.

— Ce n'est pas à mon tour de le faire!

Margaret se croisa les bras en tapant du pied.

— Ça te dérangerait, pour une fois, d'en faire un peu plus plutôt que de rester assise à te tourner les pouces? Tu sais bien que je n'ai pas le temps, ce soir.

Cathy regarda sa tante d'un air furieux.

— C'est drôle, tu as dit la même chose hier soir. Et c'était aussi à ton tour!

Margaret vérifia si elle avait bien ses clés et ouvrit la porte.

— Fais ce que je te dis!

Sur quoi, elle sortit en claquant la porte.

○

Lorsqu'elle eut terminé son ménage, Cathy se sentit trop fatiguée pour lire. Elle alluma donc la télé et regarda les informations de vingt et une heures, ennuyeuses comme toujours. Que de mauvaises nouvelles: politiciens qui s'invectivent, hausse du prix du pétrole, attaques terroristes et augmentation du taux de chômage.

Bien que l'école ait pris fin, Cathy n'avait pas la permission de sortir après sept heures. Là-dessus, sa tante se montrait intraitable. C'est qu'elle avait habituellement une sortie de prévue avec l'un ou l'autre de ses petits amis et ne voulait pas avoir à se soucier de Cathy.

La jeune fille n'aimait guère sa tante, et elle savait que c'était réciproque. Mais elles étaient forcées de vivre ensemble, et Cathy n'avait d'autre choix que de lui obéir.

Son père était mort avant sa naissance, et elle avait perdu sa mère dans un accident de voiture alors qu'elle n'avait que quatre ans. Par la suite, ses grands-parents l'avaient élevée, mais ils vivaient maintenant en Angleterre, où la pension du grand-père, ajoutée à leurs modestes épargnes et à l'argent obtenu par la vente de leur maison, leur avait permis de s'acheter un cottage en Cornouailles, d'où la grand-mère de Cathy était originaire.

Margaret O'Toole avait accepté à contrecœur de s'occuper de sa nièce, mais celle-ci se rendait très bien compte que sa tante lui en voulait de cette intrusion dans sa vie. Le logement de Margaret se trouvait au cinquième et dernier étage d'une vieille maison de Temple Bar, un quartier de Dublin devenu chic et très cher. Margaret regrettait amèrement de ne pas l'avoir acheté quand il était encore abordable, quelques années plus tôt. Aujourd'hui, il valait trois fois plus cher.

Cathy avait consacré toute une fin de semaine à faire des adieux larmoyants à ses copains de Waterford. Son départ remontait maintenant à quatre mois et elle ne s'était pas encore créé un réseau d'amis.

11

N'ayant pas grand-chose à faire, le soir, enfermée de la sorte, elle écrivait beaucoup à ses grands-parents.

Ainsi, pendant qu'à Waterford ses amis se rassemblaient les uns chez les autres pour bavarder et écouter de la musique, Cathy lisait ou regardait la télé dans le logement de sa tante.

Elle s'ennuyait et détestait la vie qu'elle menait. Aussi avait-elle décidé qu'à seize ans elle quitterait sa tante pour se trouver un coin bien à elle. Mais il lui restait trois ans à attendre...

Ce soir-là, une seule nouvelle retint son attention à la télé: la bête morte extirpée du glacier norvégien avait été examinée par des biologistes de renom et des experts en paléontologie. Filmés dans leurs épais anoraks, ceux-ci s'efforçaient de paraître intelligents devant les caméras.

L'animal s'avérait être un cheval sévèrement mutilé, en état de décomposition avancée. Les experts estimaient qu'il avait au moins dix mille ans – mais il leur faudrait procéder à des examens plus approfondis pour en avoir la certitude. Le cheval n'avait plus de tête, un fait que les experts croyaient rattaché à un rituel antique.

Cathy ressentit de la pitié pour le cheval.

Roger Brannigan regardait lui aussi ce bulletin de nouvelles. Il se trouvait dans le salon de son immense maison du comté de Dublin. Assis dans un fauteuil à dossier réglable – qui lui avait coûté près de mille livres – il regardait son écran de télévision géant haut de gamme.

Brannigan avait quarante-cinq ans, mais comme il jouait beaucoup au squash, il en paraissait dix de moins. Il montait aussi souvent à cheval. Sa maison était en effet située en bordure de son haras de quinze acres. Il avait à sa disposition quelque vingt-trois montures auxquelles, pour la plupart, il ne prêtait guère attention, leur préférant Misty, une jument de trois ans. Et bien qu'il ait été obsédé, vingt-quatre heures sur vingt-quatre, par l'appât du gain, il avait résisté à toutes les offres qui lui avaient été faites pour cette jument.

Toute sa vie, les chevaux avaient fasciné Brannigan. En général, il savait, d'un coup d'œil, déceler un champion chez un poulain d'un jour.

Et s'il faisait de l'élevage, c'était pour produire des champions. Il avait, dans ce but, fait établir un programme d'ordinateur capable de prédire avec une assez grande justesse – à condition de posséder l'historique complet de la jument et de l'étalon – le potentiel du rejeton. La réalité, toutefois, ne confirmait jamais complètement les prédictions de l'ordinateur, ce qui le réconfortait.

Le reportage sur le cheval préhistorique eut sur Roger Brannigan l'effet d'une bombe. «Et si les chevaux de cette époque étaient plus rapides, se dit-il, et plus puissants... Et si on arrivait à faire revivre cette même race chevaline, hein?»

Sourire aux lèvres, il décrocha le téléphone. C'est qu'il connaissait justement la personne qui serait capable de cela!

○

Émile Feyerman était grand et mince, auréolé d'une tignasse grise et dans la cinquantaine avancée. Le type de savant qu'on imagine avec d'épaisses lunettes et un fort accent allemand. Or, sa vue était presque parfaite, et son accent ni vraiment américain ni vraiment européen était celui d'un habitant de la côte atlantique.

Feyerman était spécialiste en recherche génétique. Il avait accumulé une petite fortune en travaillant pour des gens comme Brannigan, examinant leurs chevaux de course et les accouplant en vue d'en améliorer la progéniture. C'est lui qui avait conçu, pour un quart de million de livres irlandaises, le fameux logiciel de Brannigan.

La naïveté de Brannigan faisait toujours sourire Feyerman. Le seul apport de ce dernier avait consisté, en fait, à modifier un simple logiciel d'ordinateur portant sur la compatibilité d'accouplement des bêtes. «Après tout, s'était-il dit, tout ce qui importe à Brannigan c'est que ses chevaux trouvent le bon partenaire.»

Ladite modification permettait d'assortir, assez simplement, les codes génétiques de l'ADN qui déterminent la croissance et les attributs de tout animal.

Chez la plupart des animaux, la femelle produit un ovule contenant, sous forme de chromosomes, la moitié de l'ADN; le mâle apporte dans son sperme la moitié manquante; la combinaison des deux dote la progéniture des attributs des deux parents.

Peu après la conception, l'ADN du fœtus détermine quel chromosome jouera le rôle dominant. C'est ainsi que certains traits, comme des cheveux roux ou des yeux verts, se perpétuent d'une génération à l'autre. Parfois, cependant, l'ADN donne des résultats inattendus. Un couple de chats tigrés pourra, par exemple, donner naissance à un chaton gris, héritage d'un lointain ancêtre.

Feyerman avait analysé des échantillons d'ADN de centaines de chevaux. Il pouvait aujourd'hui déterminer quelles souches d'ADN pouvaient, en se mariant, donner les meilleurs résultats.

Ce qu'il souhaitait, en réalité, c'était d'arriver à cloner les meilleurs chevaux. Et cela pourrait se faire, en théorie, à partir d'une seule cellule sanguine, chaque cellule possédant effectivement la structure d'ADN propre au cheval tout entier. À condition de parvenir à une parfaite compréhension de l'ADN et de disposer d'un équipement adéquat, Feyerman espérait qu'il serait un jour possible de faire croître des bêtes en laboratoire, dans des utérus artificiels.

Le clone serait une copie conforme du cheval originel, peut-être même supérieure. S'il devenait possible, en effet, d'améliorer la structure de l'ADN initial, un cheval créé en laboratoire pourrait fort bien s'avérer encore plus performant.

Feyerman n'avait pas la prétention de croire qu'un tel exploit pourrait se réaliser de son vivant. Bien que le meilleur dans sa profession, il savait qu'il lui était aussi impensable d'arriver à cloner un cheval que pour les alchimistes d'antan de transformer du plomb en or.

Mais il existait une sorte de moyen terme. Depuis des décennies, on procédait à l'insémination artificielle des animaux de la ferme – procédé qui consiste à insérer mécaniquement le sperme du mâle dans la femelle. Cette méthode permettait aux fermiers de sélectionner les bêtes les plus susceptibles de produire des porcs plus maigres et de qualité supérieure, ou des vaches donnant un meilleur lait.

L'insémination artificielle était d'usage courant chez les éleveurs de chevaux. De fait, une jument donnait souvent naissance à un poulain sans avoir jamais vu l'étalon. Or, si l'on modifiait l'ovule non fertilisé d'une jument de façon que celui-ci contienne un jeu complet de chromosomes et que l'on réintroduise l'ovule dans celle-ci, le poulain pourrait être une copie conforme de sa mère.

C'est ce qui restait encore à réaliser – bien que Feyerman demeurât persuadé d'avoir le succès à portée de la main. La difficulté consistait à modifier l'ovule non fertilisé.

Et il y avait encore une autre difficulté: l'argent soutiré à Brannigan était à peu près épuisé.

De sorte que, lorsque celui-ci l'appela au téléphone pour lui parler de son idée de réintroduire la lignée chevaline disparue, Feyerman bondit de joie.

Il resta toutefois calme, fit semblant d'hésiter, inspira à plusieurs reprises à la façon d'un mécanicien sur le point de vous apprendre que vos pièces ne sont plus disponibles et que cela va vous coûter les yeux de la tête.

Feyerman et Brannigan discutèrent, se demandant si certaines cellules congelées du cadavre pouvaient être encore intactes. L'idée qu'un cheval mort depuis plus de dix mille ans puisse concevoir une progéniture leur paraissait éminemment séduisante.

Ils tombèrent d'accord sur un montant de un million de livres, la première moitié devant être versée sur-le-champ, et la seconde, au moment de la réussite.

Le savant se rendait compte que la publicité à elle seule rapporterait à Brannigan bien au-delà de un million, mais cela lui était égal. Le succès d'une telle entreprise lui mériterait à tout le moins le prix Nobel.

○

Dans le logement de sa tante, à Dublin, Cathy Donnelly regardait le bulletin de nouvelles de vingt-deux heures pour voir s'il y avait du nouveau au sujet du cheval.

Elle pressentait que quelque chose d'important était rattaché à cette nouvelle, mais elle ne savait pas exactement quoi, ni même d'où lui venait cette intuition.

Elle comprenait toutefois que, d'une façon ou d'une autre, sa vie allait changer.

Et dans son for intérieur, elle entrevoyait que la découverte du cheval décapité allait, tôt ou tard, changer la vie de chaque être humain sur la planète.

2

Au terme de leur première année de vie commune, il y avait belle lurette que Cathy et Margaret avaient cessé de se parler. Cathy en était arrivée à la conclusion que des parents n'étaient pas forcément des amis et qu'il valait mieux, tout simplement, se faire oublier de sa tante.

Au début, elle avait tout fait pour essayer de devenir son amie, mais Margaret ne s'était pas montrée intéressée. Dave, l'ami de cœur de celle-ci, avait depuis longtemps pris la clé des champs, tout comme les trois autres hommes qu'elle avait fréquentés au cours de cette dernière année.

Cathy était consciente du fait que Margaret la tenait pour responsable de l'instabilité de sa vie sentimentale. «Aucun homme sain d'esprit n'apprécie qu'une enfant de treize ans joue les chaperons! avait dit Margaret. Tu es toujours dans nos jambes!»

Le matin de son quatorzième anniversaire, Cathy s'éveilla en pensant: «Encore deux ans à tenir le coup!» Ce qui lui fit comprendre à quel point elle détestait vivre avec sa tante.

Margaret s'occupait de Cathy, certes, lui procurant nourriture et vêtements, mais elle ne la rendait pas heureuse. «C'est comme si j'avais une grande sœur sortie tout droit de l'enfer», pensait Cathy.

Comme Margaret permettait à peine à Cathy de sortir du logement, celle-ci profitait de la moindre occasion pour s'esquiver. Elle passait beaucoup de temps à bouquiner à la librairie de livres usagés, rue Aungier, mais cela ne suffisait pas à la distraire. Elle avait envie de rencontrer des gens.

Un jour, vers la fin de l'année scolaire, elle remarqua une annonce offrant un travail d'été qui consistait à s'occuper de chevaux dans un haras. Elle ne connaissait pas grand-chose aux chevaux, mais elle se dit qu'il n'y avait rien à perdre à tenter sa chance.

Une semaine plus tard, une lettre lui apprenait que le poste avait été comblé mais qu'on garderait sa lettre, au cas où quelque chose d'autre se présenterait. Amèrement déçue, Cathy bouda le reste de la journée.

Le surlendemain, elle s'arrêta pour bavarder avec le vieux M. Nicholls, un voisin qui aimait s'asseoir sur son perron et parler aux passants. Elle lui fit part de sa contrariété, ce à quoi il rétorqua avec un large sourire: «Ne t'inquiète pas, Cathy, je vais y voir moi-même!»

Le lendemain, Cathy recevait un appel de la secrétaire du haras, qui lui offrait un emploi les samedis, si elle était toujours intéressée. La secrétaire lui confia qu'elle lui avait été recommandée par M. Nicholls, un grand ami de la famille à qui appartenait le haras avant son rachat par Roger Brannigan.

Cathy s'empressa d'aller remercier M. Nicholls, tout en lui avouant qu'elle se sentait un peu mal à l'aise d'avoir obtenu un emploi grâce à l'intervention d'une connaissance, plutôt que par ses propres compétences. Mais le brave homme lui dit en souriant que c'était ainsi que les choses se passaient de nos jours.

Le haras se trouvait à environ six kilomètres de là, à la lisière du comté, touchant presque Wicklow. Mais M. Nicholls, prétextant un voyage d'affaires à Wicklow, offrit de l'y conduire le premier matin.

Cathy se trémoussa nerveusement durant tout le trajet. Elle craignait de ne pas être à la hauteur de son nouvel emploi, et n'avait d'ailleurs aucune idée de ce que l'on attendait d'elle.

— Ne t'inquiète pas, lui conseilla M. Nicholls alors que la voiture s'arrêtait devant l'entrée. Sois toi-même, et si cela ne fait pas leur affaire, c'est eux qui perdront au change.

Cathy lui sourit en essayant d'avoir l'air plus courageuse qu'elle ne l'était en réalité.

— Merci encore, lui dit-elle. Vous êtes très gentil.

Une fois le vieux monsieur reparti et après lui avoir fait au revoir de la main, Cathy resta une bonne minute devant la barrière avant de rassembler assez de courage pour la franchir. Elle inspira alors un bon coup et, la tête haute, entra finalement d'un pas assuré comme si elle avait travaillé là toute sa vie.

Le haras s'appelait Terres-Basses, nom inscrit en lettres fleuries sur l'enseigne qui, entre les poteaux, surplombait la barrière de l'entrée. Celle-ci s'ouvrait sur une cour à la gauche de laquelle se trouvaient le bureau du gérant et la réception; en avant, à droite, se dressaient de vieilles écuries converties en bureaux. D'étroites allées partaient des quatre coins de la cour.

Plusieurs grosses autos étaient stationnées dans la cour, mais seulement l'une d'elles retenait l'attention. Il s'agissait d'une BMW flambant neuve, immatriculée à Dublin. Cathy la contempla en hochant la tête. «La voiture du propriétaire, se dit-elle. Forcément.»

Comme elle faisait un rapide tour d'horizon, trois hommes sortirent du bureau du gérant et se dirigèrent vers l'allée la plus éloignée. L'un d'entre eux remarqua Cathy et fit signe aux autres de poursuivre leur chemin.

— À qui ai-je l'honneur? demanda-t-il à Cathy.

Il était grand et mince, avec d'abondants cheveux noirs taillés en brosse, et un sourire gamin qui donna à Cathy l'impression d'être la bienvenue. Elle respira un bon coup.

— Je m'appelle Cathy Donnelly, répondit-elle en inspirant pour se donner du courage. Je suis censée commencer à travailler ici aujourd'hui même.

— Moi, c'est Damien O'Flynn, dit-il en lui serrant la main. Je suis ton patron, mais ne t'inquiète pas, je ne suis pas un bourreau de travail.

Il lui sourit de nouveau.

— Je dois vous avouer que je ne connais pas grand-chose aux chevaux, dit Cathy.

Damien se tourna pour la regarder.

— Eh bien, dit-il, suis-moi. Tu vas justement avoir ta première leçon.

Ils se hâtèrent pour rattraper les deux autres hommes. Damien ne leur présenta pas Cathy, dont ils ne semblaient même pas avoir remarqué la présence. Ils passèrent devant une rangée de dix écuries et entrèrent dans un vaste hangar.

À l'odeur, Cathy devina que celui-ci servait également d'écurie. Elle ne se trompait pas: une jument était couchée sur un tas de paille sale et paraissait endormie. Sa robe était mêlée de paille et de saletés et, d'après ce que Cathy pouvait voir en plissant les paupières dans la pénombre, elle était pleine.

Les deux hommes poursuivaient leur conversation.

— Il y a quelque chose qui ne va pas, Émile, dit le moins grand et le mieux habillé des deux. Est-elle dans le coma?

— Pas du tout, répondit le deuxième homme en haussant les épaules. Tout indique qu'elle dort.

— Elle est beaucoup trop tranquille.

— Elle n'a rien du tout, Roger, crois-moi.

— Il lui reste combien de temps?

— Un mois environ. Je reviendrai une semaine avant terme.

— Et si elle mettait bas plus tôt?

Émile Feyerman haussa les épaules de nouveau.

— Ça n'arrivera pas, affirma-t-il.

— Comment peux-tu en être sûr?

— C'est mon boulot de le savoir, dit Feyerman en riant. Assure-toi seulement qu'on s'en occupe adéquatement.

En se retournant, Roger Brannigan remarqua Cathy pour la première fois.

— Je vous présente Cathy, dit Damien. Elle commence aujourd'hui.

— À la bonne heure, dit Brannigan en hochant la tête. Tu vas lui montrer quoi faire, hein?

— Bien sûr, dit Damien. Je pensais lui enseigner d'abord à nourrir et à panser la jument, et puis à nettoyer l'écurie.

La jument ouvrit les yeux et regarda autour d'elle. Elle bougea un peu, ramassa sous elle ses jambes antérieures. Cathy s'avança: la jument pencha doucement la tête vers elle.

Feyerman regarda la bête, puis Cathy.

— Tu n'as jamais été aussi près d'un cheval de ta vie, je parie.

«Ciel! pensa Cathy, on va déjà me renvoyer?» Elle en avala sa salive.

— Non, pas vraiment, admit-elle.

— C'est ce qu'il me semblait. Misty que voici est d'humeur changeante. Elle ne laisse aucun des habitués s'approcher d'elle, et pourtant tu ne sembles pas l'inquiéter. (Il fronça les sourcils.) L'école est terminée pour l'été?

Cathy fit oui de la tête.

— Bien, fit Feyerman en se tournant vers Brannigan. Misty se rend compte que sa gestation a quelque chose de différent. Elle ne veut plus avoir de liens avec les autres bêtes. Elle sent leur odeur sur les autres palefreniers, mais pas sur...

Il s'arrêta, posant sur Damien des yeux interrogateurs.

— Sur Cathy, dit celui-ci, Cathy Donnelly.

Feyerman opina du chef, distraitement.

— Oui, Cathy. On pourrait peut-être la garder jusqu'après la mise bas.

— Bonne idée, acquiesça Brannigan. Ça te plairait, Cathy, de veiller sur Misty jusqu'à la naissance de son poulain? Dès que tu le pourras, viens t'occuper d'elle à plein temps. On te paiera bien et tu n'auras pas besoin de chercher où loger. Nous avons une espèce de chambre d'invités à l'avant.

Cathy n'eut pas besoin de réfléchir bien longtemps.

— C'est d'accord, accepta-t-elle.

— Quand peux-tu commencer?

— Demain? fit Cathy après un court moment de réflexion.

Brannigan et Feyerman lui sourirent, chargèrent Damien de tout régler et quittèrent brusquement les lieux.

Damien et Cathy les suivirent des yeux.

— Ç'a été rapide, dit le jeune homme, en souriant. Y a des filles qui donneraient leur main droite pour avoir une telle chance.

— Alors, dit Cathy, par où commence-t-on?

Le jeune homme jeta un regard circulaire sur le vaste hangar.

— D'accord, fit-il. Voilà un mur. Ici, c'est le plancher. Et la grosse chose brune, là-bas, munie d'une queue, c'est une jument.

— Pas si vite, dit Cathy, je vais devoir prendre des notes.

— Voyons si on peut la faire se mettre debout, fit Damien en riant.

Il se pencha et tapota la jument sur l'encolure, mais elle détourna la tête. Il recula d'un pas.

— Tu veux tenter ta chance? offrit-il à la jeune fille.

Cathy regarda les yeux brun foncé de la jument. «Elle comprend, se dit-elle. Elle sait que je ne lui ferai pas de mal.»

Elle s'approcha de Misty et plaça sa main sur son encolure. Elle fut étonnée de sentir combien la jument était chaude au toucher. Elle passa la main le long de son dos.

— Elle est superbe! dit-elle.

Damien acquiesça d'un signe.

— C'est un pur sang de quatre ans, dit-il. Elle a coûté plus d'argent que ce que toi et moi verrons jamais dans notre vie.

Cathy tapota Misty sur la croupe.

— Allons, Misty. Voyons si tu peux te lever. Allons, debout, debout!

La jument hennit doucement, puis se hissa lentement sur ses sabots. Elle était beaucoup plus grande que Cathy ne l'avait cru.

La jument tourna la tête vers Cathy et la flaira.

— C'est la première fois, depuis des semaines, qu'elle fait ce qu'on lui demande! s'exclama Damien, admiratif. Essaie donc de la faire sortir.

Cathy mit la main sous la bouche de la jument et se mit à rire lorsque celle-ci lui

mordilla les doigts. Puis elle recula et se dirigea vers la porte. Misty la suivit docilement.

— O.K., dit Damien. Maintenant, laisse-
la dehors et reviens ici.

— Reste ici, dit Cathy en flattant Misty à
nouveau. Je reviens.

À l'intérieur, Damien avait sorti une
pelle et une brouette.

— Prends l'autre pelle, dit-il à Cathy,
c'est maintenant que ça se corse.

— Qu'allons-nous faire?

Le jeune homme sourit et désigna la
paille sale et les monceaux de crotte de cheval dont le sol était couvert.

— À ton avis?

○

Dans la maison, Roger Brannigan et
Émile Feyerman étudiaient leurs graphi-
ques.

— Tu es bien sûr que tout est en ordre?
demanda Brannigan.

— Mais cesse donc de me questionner
comme ça! Oui! Tout va bien!

— On aurait dû s'essayer d'abord avec
une cellule de cheval vivant! soupira
Brannigan.

— Je sais ce que je fais, insista Feyerman. Tu aurais peut-être préféré attendre encore un an pour savoir à quoi ressemble notre cheval préhistorique?

— J'espère que tu as vu juste à propos des chromosomes dominants, en tout cas.

— Bien sûr. C'est mon boulot.

Brannigan s'appuya au dossier de son fauteuil et posa les pieds sur son bureau.

— J'ai beaucoup réfléchi, Émile. Que se passera-t-il si la bête ne mange pas une nourriture normale? Elle se nourrissait peut-être différemment, autrefois.

— Pas du tout. Elle sera herbivore, mangeuse d'herbe. Écoute, le père est peut-être mort il y a dix mille ans, mais l'ADN révèle que sa structure est presque identique à celle d'un cheval moderne.

— Un cheval est un cheval, fit Brannigan en riant.

— Bien entendu! Les balayages d'ultrasons...

— Qui m'ont coûté une fortune, interrompit Brannigan.

— Quel qu'en ait été le prix, les ultrasons montrent un rejeton parfaitement normal. Pour être plus précis, il s'agit d'un poulain, un peu au-dessous du poids normal, il est vrai, mais il n'y a pas lieu de s'inquiéter.

Brannigan n'avait pas le cœur aux technicalités.

— Penses-tu que la nouvelle employée fera l'affaire?

— Probablement. Tu devrais d'ailleurs la garder ici le plus longtemps possible après la naissance du poulain. Si la jument voit que la fille accepte son poulain, elle l'acceptera peut-être elle aussi.

— Penses-tu qu'il soit possible que Misty le rejette?

— C'est probable, car elle se rend compte que sa gestation a quelque chose d'insolite.

— Mais tu viens d'affirmer qu'il s'agit d'un cheval parfaitement normal.

— En apparence, oui. Mais tu devrais être le premier à savoir que les bêtes ne sont pas stupides. La jument perçoit notre inquiétude. Plus nous nous inquiétons, plus elle s'inquiétera aussi.

— Bon, fit Brannigan. Mais maintenant, quand alerterons-nous la presse? J'ai investi des sommes considérables dans cette affaire. Je veux un maximum de publicité. Si j'arrivais à vendre trois ou quatre poulains ou pouliches, je rentrerais dans mon argent – même si le poulain était mort-né.

— Voilà qui me rassure. J'ai cru un moment que tu t'inquiétais du bien-être du cheval...

— Seulement du point de vue monétaire, s'esclaffa Brannigan.

— Bien sûr, tu me dois toujours un demi million de livres. Je compte les empocher dès la naissance du poulain, qu'il soit mort ou vif.

— Et moi qui pensais que tu agissais dans l'intérêt de la science! persifla Brannigan.

— Comme toi, répondit Feyerman en ricanant, je ne le fais que pour l'argent.

3

Lorsque Cathy rentra à la maison, ce soir-là, et annonça à sa tante qu'elle avait un emploi à temps plein – où elle serait logée et nourrie –, pour l'été, l'attitude de cette dernière changea du tout au tout.

En son for intérieur, la jeune fille avait craint que Margaret, redoutant l'inconnu, ne se mette soudain à jouer les tantes protectrices. Au contraire: ravie par la nouvelle, Margaret aida Cathy à préparer ses bagages, lui donna assez d'argent pour attendre son premier chèque de paie et se montra pleine d'entrain.

La bonne humeur Margaret était-elle due au fait que sa nièce avait décroché un emploi, ou plutôt à la pensée qu'elle serait seule chez elle pendant les prochains mois? Cathy n'aurait su le dire.

○

Le lendemain, Damien attendait Cathy à la barrière. Il se précipita à sa rencontre et la prit par le bras.

— Viens vite! lui dit-il. Je pensais que tu n'arriverais jamais!

Et il l'entraîna vers le hangar de Misty.

— Que se passe-t-il? demanda l'adolescente en courant pour rester à sa hauteur.

— C'est Misty. Elle n'a pas cessé de grogner et de pleurer toute la nuit. Elle ne veut ni manger ni se laisser approcher. Je pense que tu lui manques!

En arrivant dans le hangar, Cathy aperçut Misty étendue par terre. Elle laissa tomber son sac et s'agenouilla auprès du cheval.

— Ça va ne va pas, Misty? s'enquit-elle.

La jument souleva légèrement la tête vers elle.

— Elle est comme ça depuis que tu es partie hier soir, dit Damien qui était demeuré debout à l'entrée. Brannigan s'en arrachait les cheveux!

Cathy frotta l'encolure de la jument.

— Elle est très chaude, Damien. Pourrais-tu apporter de l'eau?

Il hocha la tête, sortit en courant, et revint derechef avec un seau en métal. De l'eau se répandit par terre quand il le déposa devant Misty.

Cathy y trempa le doigt.

— C'est de l'eau tiède, s'étonna-t-elle.

— C'est ce qu'il faut. De l'eau froide alors qu'elle est fiévreuse pourrait lui donner des crampes.

— A-t-elle assez à manger? demanda Cathy.

— Oui, mais elle n'a pas touché à sa nourriture.

Misty regarda Cathy, puis Damien.

— Pourrais-tu nous laisser seuls? demanda la jeune fille. Je vais essayer de la faire manger.

Damien parti, Misty plongea la tête dans le seau et se mit à boire. Cathy continua de la flatter.

— Pauvre Misty, dit-elle, tu ne sais pas ce qui t'arrive.

Elle examina la panse enflée de la jument. Dans la pénombre, elle pensa voir bouger le poulain, mais n'en fut pas certaine: peut-être s'agissait-il d'une simple illusion causée par la respiration de l'animal.

○

À la fin de la journée, Cathy se sentait épuisée. Elle avait réussi à faire manger Misty, puis elle avait de nouveau balayé le hangar et passé le reste de l'après-midi avec la jument, lui parlant doucement et la pansant comme Damien le lui avait enseigné. Elle lui avait aussi tressé la crinière et la queue, de sorte qu'à son retour, à six heures, Damien trouva Misty transformée.

— Parfait, gloussa-t-il. Mais où est passée l'autre jument? Celle-ci n'est pas la bête avec qui je t'ai laissée ce matin.

— Elle va beaucoup mieux. C'est moi qui ai hérité de toute la saleté...

— Viens, je vais te montrer l'appartement des invités.

— Ce n'est pas une simple chambre?

— Les gens qui y logent sont généralement assez riches pour acheter cent haras comme celui-ci!

En voyant l'appartement des invités, Cathy n'en crut pas ses yeux: il s'agissait d'un logement plus grand que celui de sa tante. Toutes les pièces étaient peintes d'un blanc éclatant et décorées de tableaux et de photos de chevaux. La chambre, immense, était pourvue d'une chaîne stéréo, d'une télé et d'un magnétoscope. La baignoire, dans la salle de bains attenante, était assez grande pour y nager, et il y avait aussi un salon et une cuisine, dont l'équipement était digne d'un restaurant.

Cathy fit remarquer à Damien que cet appartement paraissait n'avoir jamais servi.

— Il est rare que nous ayons des invités, lui expliqua ce dernier, mais lorsqu'ils arrivent, c'est toujours à l'improviste. Tout doit être prêt. (Il vérifia sa montre.) Bon, tu dois crever de faim. Si tu es prête dans une demi-heure, ma femme et moi serons heureux de t'avoir à souper.

Une fois Damien parti, Cathy déballa ses affaires en vitesse et se doucha en catastrophe. Puis elle courut au hangar jeter un dernier coup d'œil à Misty qui dormait paisiblement.

Elle en ressortit juste à temps pour voir Damien arriver dans une puissante Land Rover. Il lui fit signe d'approcher et elle s'assit à la place du passager. Comme elle ignorait tout des voitures, elle lui posa des questions sur son véhicule.

— À vrai dire, répondit Damien, je ne connais pas grand-chose aux bagnoles, moi non plus, sauf sur la façon de les conduire. Brannigan – pardon, «Môsieur» Brannigan – m'en a fait cadeau l'an dernier, et je me suis appris à conduire tout seul.

À la façon dont Damien passait dans tous les nids de poule, Cathy l'aurait facilement deviné.

○

Annette, l'épouse de Damien, se montra enchantée d'avoir une invitée à souper. Tandis que Damien s'affairait dans la cuisine en maugréant, elle fit faire le tour de la maison à Cathy. Celle-ci se surprit à parler de sa tante et à expliquer à Annette comment elle en était venue à habiter avec elle.

— Et tu n'es vraiment pas heureuse de vivre chez elle?

— Je déteste ça! C'est pourquoi j'ai sauté sur l'occasion de venir m'occuper de Misty. De cette façon, je ne passerai pas l'été enfermée dans la maison.

— Tes amis de Waterford ne te manquent pas?

— Un peu. Mais je n'ai jamais été très liée avec eux. Aucun d'entre eux ne m'a jamais écrit, d'ailleurs. Cela prouve à quel point ils s'ennuient de moi!

— Et toi, leur as-tu écrit? demanda Annette en souriant.

— Bien sûr! Des tas de fois! Enfin, une ou deux fois.

— Ne t'inquiète pas pour ça. Il y a bien des gens qui ne rencontrent qu'un ou deux vrais amis au cours de leur vie. Tu n'as pas encore rencontré les tiens, probablement.

— Et vous?

— Je l'ai épousé, dit Annette. C'est bizarre. Damien peut parfois se montrer égoïste, enfantin, grincheux et de mauvaise humeur, mais malgré cela, c'est la personne la plus merveilleuse que j'aie jamais connue. Tu sais ce que je pense, Cathy? On dit qu'un bon ami c'est celui qui nous soutient quand nous avons raison. Eh bien, je ne suis pas d'accord: presque tout le monde en ferait autant dans ces circonstances-là. Un véritable ami, c'est celui qui reste avec nous quand nous avons tort.

— C'est une excellente façon de voir les choses, convint Cathy en riant.

Un bruit de vaisselle cassée retentit de la cuisine, accompagné d'une litanie de jurons.

Annette secoua la tête d'un air abasourdi.

— Je ne veux pas savoir! gémit-elle.

○

Dans la soirée, Damien reconduisit Cathy au haras. Une fois devant l'entrée principale, il descendit de voiture et alla ouvrir la portière, côté passager.

— Pousse-toi, ordonna-t-il.

— Quoi? s'étonna Cathy.

— Glisse-toi à la place du chauffeur. Tu veux apprendre à conduire, non?

— Ah oui?

— Bien entendu! Tout le monde veut apprendre à conduire.

— D'accord, un jour sûrement mais pas tout de suite!

— Et pourquoi pas?

— Je suis beaucoup trop jeune pour conduire! C'est illégal!

— Pas sur une propriété. Allez, pousse-toi.

Au bout d'une heure, Cathy était à ramasser à la petite cuillère. Ils avaient roulé environ cent mètres, frappé trois murs et écrasé un seau.

Damien se moquait de la nervosité de son élève.

— Tu t'habitueras, va. Souviens-toi seulement de retirer ton pied de la pédale d'embrayage tout doucement, et non brusquement, comme tu le fais. De toute façon, il faut que je rentre. Essaie de bien dormir. On commence à six heures demain matin.

— Six heures! Tu blagues?

— Non, six heures. Tu seras prête?

Cathy soupira.

— Je serai prête, promit-elle.

Elle jeta un dernier coup d'œil à Misty avant de se retirer dans l'appartement des invités. La jument dormait profondément, mais elle respirait par saccades et paraissait avoir froid. Cathy prit une couverture suspendue à un crochet et l'en recouvrit.

○

Émile Feyerman tapait sur le clavier de son ordinateur. Les lumières étaient éteintes dans son bureau, la seule lueur venant de son écran.

Il s'inquiétait du poulain en gestation. Il n'en avait pas parlé à Brannigan, mais un problème grave le tracassait.

L'ADN du cheval gelé s'était avéré suffisamment normal et il avait pu, sans difficulté, encoder les chromosomes manquants dans l'ovule de Misty. C'est la jument elle-même qui l'inquiétait.

La mise bas est une expérience traumatique pour toute bête, mais surtout pour une jument, à cause de la longue gestation. Il avait déjà vu des juments rejeter un petit qui présentait une anomalie quelconque. Et ce poulain-ci serait tellement différent, avec des parents situés à dix mille ans de distance!

L'éventualité qu'il soit mort-né ou qu'il meure pendant la mise bas, si la mère éprouvait de trop grandes souffrances, l'inquiétait encore davantage. Par contre, il ne voulait pas se risquer à recourir à de puissants analgésiques; Misty souffrirait donc énormément.

Et bien sûr, si la mère était troublée, elle pourrait accoucher avant terme, ce qui aggraverait encore les risques pour le poulain.

○

Les douleurs de Misty commencèrent deux semaines plus tôt que prévu. Roger

Brannigan et Émile Feyerman étaient à l'étranger et ne purent être rejoints.

Dès qu'il se rendit compte de ce qui se passait, Damien appela la vétérinaire, mais Misty, bien que souffrant énormément, ne laissait personne approcher d'elle, sauf Cathy.

La vétérinaire était une campagnarde de haute taille. Élégamment vêtue, elle paraissait s'être préparée à sortir. Elle ne semblait pas regretter sa soirée manquée, mais l'entêtement de Misty à ne pas se laisser approcher l'agaçait énormément. La jument paniquait dès qu'elle ou Damien passaient le pas de la porte, et la vétérinaire savait que si la bête s'énervait, la mise bas serait d'autant plus pénible.

Cathy était assise auprès de la jument, tandis que les deux autres observaient la scène depuis l'entrée. Il était près de dix heures du soir, et la nuit tombait rapidement. Le hangar ne possédait pas de lumière électrique, mais Damien avait pris soin d'apporter une lampe au kérosène et une torche électrique.

La vétérinaire s'adressa à Cathy à mi-voix:

— Si elle ne nous laisse pas l'approcher, tu vas devoir l'aider, d'accord?

Cathy avala sa salive.

— L'aider? Vous voulez dire l'aider à mettre bas?

La femme hocha la tête.

— Ne t'en fais pas. La mise bas est un processus naturel. Je te dirai quoi faire.

Quelques heures passèrent et Misty lança une sorte de mugissement de douleur. Cathy s'attela à la tâche, essayant de la réconforter, mais sans savoir si elle lui faisait réellement du bien.

Puis le moment arriva. Agitée de spasmes, le corps frémissant, Misty se mit à meugler plus fort encore.

— Mets-toi derrière elle, cria la vétérinaire à Cathy.

Comme Misty cachait pratiquement toute la lumière, Cathy ne voyait pas grand-chose. Elle sentit quelque chose de mouillé sur les jambes de Misty et conclut que ce devait être le placenta. Le poulain lui parut très petit lorsqu'elle le palpa quand il jaillit du ventre de sa mère. Il tomba délicatement sur le sol alors que Misty poussait un ultime mugissement.

C'est alors que la lune perça les nuages et parut au travers du puits de lumière. Debout devant Cathy, gluant de fluides et tacheté de sang, se tenait un poulain blanc parfaitement constitué.

4

Misty mourut une demi-heure après la naissance de son poulain. Cathy pleurait en conduisant le poulain à une écurie spécialement préparée pour l'accueillir, tout en s'efforçant de lui cacher sa tristesse. Elle savait qu'il pourrait ressentir son chagrin.

Si elle avait mieux connu les chevaux ou si elle avait déjà eu l'occasion de voir un poulain nouveau-né, Cathy se serait rendu compte que celui-ci était différent.

Damien le remarqua mais n'en souffla mot à Cathy. Lorsque la jeune fille fut partie, il s'adressa à la vétérinaire.

— Voilà un petit poulain robuste, lui dit-il.

— Je sais. Il a déjà l'air d'avoir deux jours. Que se passe-t-il donc, ici?

— Je ne sais pas ce que vous voulez dire, mentit Damien, l'air coupable.

— M. Brannigan m'a offert beaucoup d'argent pour que je sois disponible au moment de l'accouchement. Il semblait y tenir énormément. Il m'a mentionné un certain docteur Feyerman.

— Émile Feyerman. Un scientifique spécialisé dans la génétique. Il s'occupait de Misty.

— Pourquoi cela?

Damien faisait de son mieux pour avoir l'air innocent.

— Je ne sais trop, dit-il.

Mais il se reprit après une petite pause:

— Oui, en fait, je sais, mais on m'a fait jurer de garder le silence.

La vétérinaire lui jeta un regard outré.

— Auriez-vous pu me dire quelque chose qui aurait sauvé la jument?

— Non, rien. Je ne pense pas qu'ils s'attendaient à ce qui vient d'arriver.

— À quoi s'attendaient-ils donc?

Damien secoua la tête.

— Désolé, mais je ne peux pas vous le dire.

La petite écurie, isolée contre l'air froid de la nuit, luisait de propreté. Cathy constata que le plafonnier fluorescent pouvait se régler à volonté et elle en diminua l'intensité afin que le poulain ne fût pas aveuglé. Remarquant la présence d'une cuvette d'eau chaude, ainsi que d'éponges et de serviettes, elle se rendit compte avec agacement qu'on avait préparé l'écurie longtemps à l'avance, comme si on s'était attendu à la mort de Misty.

Le petit poulain s'étendit sur une litière de paille fraîche et leva les yeux vers Cathy. Celle-ci lui sourit en essuyant ses dernières larmes.

— Bon, d'accord. Tu as perdu ta maman, mais je suis là pour veiller sur toi maintenant, et je vais faire tout mon possible, crois-moi.

Elle mouilla une éponge et se mit à nettoyer le poulain. Il la flaira et tenta de lui mordiller les cheveux.

Une fois sa toilette terminée, Cathy put enfin l'examiner à fond. Il lui parut un peu petit, bien qu'elle n'en fût pas sûre. Autre détail: il était d'un blanc immaculé, alors que sa mère était d'un brun foncé uniforme.

Cathy se demanda qui pouvait bien être le père.

Damien et la vétérinaire arrivèrent peu après et celle-ci s'agenouilla pour examiner le poulain, qu'elle déclara en parfaite santé. Cathy ne put s'empêcher de remarquer les regards que les deux autres échangeaient.

— Qu'est-ce qui ne va pas?

— Rien, pourquoi? dit Damien.

— Tu me parais un peu nerveux, insista-t-elle.

— Pas du tout, nia-t-il en riant doucement. Je suis tout simplement crevé.

La vétérinaire se leva pour partir.

— Quelqu'un devrait le veiller cette nuit. Je reviendrai demain à la première heure, mais s'il y avait un problème, appelez-moi.

Une fois qu'elle fut partie, Damien se tourna vers Cathy.

— Comment vas-tu le baptiser?

— Moi? C'est moi qui vais le nommer?

— Oui. Après tout, tu étais là. Et, de plus, tu es sa maman à présent.

— Ne dis pas ça, soupira Cathy. Que va-t-il faire sans mère?

— T'inquiète pas. Ce n'est pas la première fois qu'une telle chose arrive. Tu vas devoir le nourrir au biberon et le garder propre jusqu'à ce qu'il puisse faire tout cela tout seul.

— Ça va lui prendre combien de temps?

— Avec ce poulain-là, qui sait? Environ deux semaines, probablement. Feyerman pourra te le dire, lui.

— Feyerman! s'exclama Cathy, d'un air dégoûté. Je n'aime pas beaucoup ce type.

— Moi non plus, mais c'est lui qui est responsable de la naissance de ce petit cheval.

— Comment cela? demanda Cathy, intriguée.

— C'est une longue histoire.

Elle regarda tout autour d'elle puis pointa le poulain du doigt.

— Nous avons tout le temps, dit-elle.

Damien la renseigna donc sur le cheval préhistorique et lui confia que Feyerman et Brannigan avaient décidé de tenter de le recréer. Quand il eut terminé son histoire, il regarda le poulain endormi.

— Selon toutes les apparences, ils ont réussi. Alors, quel nom vas-tu lui donner?

— Je ne sais pas, moi. Quel genre de nom donne-t-on habituellement à un cheval?

— Ça dépend de toi, de ce qui te vient à l'esprit.

Cathy se rappela le moment, quelques heures auparavant, où elle avait vu le poulain pour la première fois, bien vivant et ruisselant dans la clarté lunaire.

— Son nom, ce sera Clair-de-Lune, an-
nonça-t-elle avec un sourire.

○

Roger Brannigan et le docteur Émile
Feyerman arrivèrent trois jours plus tard. Ils
filèrent tout droit à l'écurie de Clair-de-Lune
et trouvèrent Cathy en train de lui donner le
biberon.

— Comment va-t-il? lui demanda
Brannigan.

— Très bien. Il a un appétit de... cheval!

Feyerman approuva de la tête.

— À la bonne heure! émit-il en s'age-
nouillant devant le poulain. Ce qui m'étonne,
cependant, c'est sa vitesse de croissance. Il
grandit très vite.

— C'est dangereux? demanda Cathy.

Sans se donner la peine de répondre, le
savant se tourna vers Brannigan:

– Je veux lui faire un examen complet:
prélèvements de sang et de tissus, rapport
masse/volume, et balayage à l'ultrason.
Toute la gamme.

Riant sous cape, il se mit à flatter distraitement la crinière de Clair-de-Lune.

— Un poulain d'un blanc immaculé.
Vraiment superbe. Se tient-il debout?

Cathy se leva et déposa le biberon.

— Allons, Clair-de-Lune, debout!

Le poulain se dressa sur ses sabots en poussant avec ses jambes et regarda les autres d'un air perplexe.

— Au moins, il n'a pas l'animosité de sa mère, observa Feyerman.

— Il est très amical, précisa Cathy.

— Excellent. Fais-le sortir. Dans le champ nord, peut-être.

Cathy suivit les autres dehors, le poulain trottinant à ses côtés. Tout en marchant, elle remarqua que Clair-de-Lune s'arrangeait pour qu'elle soit toujours entre lui et les deux hommes. «C'est un bon juge de caractères», pensa-t-elle.

Le champ était assez petit, sans doute moins de trois acres, mais il devait sembler immense à Clair-de-Lune. Dès que Cathy l'eut relâché, il bondit en avant. Cathy courut après lui en riant.

Roger Brannigan se tourna vers Feyerman:

— Je te dois un demi-million de livres, dit-il, sourire aux lèvres.

— C'est exact. Tu sais, je suis assez fier de moi. Ce petit cheval est vraiment spécial.

— Tu semblais inquiet de sa croissance accélérée.

Le savant haussa les épaules:

— Ça pourrait ne rien signifier du tout, mais j'ai néanmoins l'impression qu'il va vite atteindre sa maturité.

— De mieux en mieux! s'exclama Brannigan. Une croissance rapide veut dire des profits accrus. Est-ce toi qui as planifié cela?

— Non, répondit Feyerman, en secouant la tête. Ce doit être un trait inhérent à cette race de *Equus Caballus*. Je me demande... Tu te rends compte, bien sûr, qu'une croissance plus rapide que la normale entraîne généralement une vie plus courte?

— C'est vrai. Mais il ne s'agit pas d'une bête ordinaire. Elle a peut-être hérité de la vitesse de croissance de son père et de la longévité de sa mère.

Feyerman haussa un sourcil incrédule.

— Avant de nous perdre en conjectures, attendons de voir les résultats.

Laissant Clair-de-Lune et Cathy dans le champ, ils revinrent au bureau de Brannigan.

— As-tu remarqué le crâne du poulain? demanda Feyerman en marchant.

— Il m'a paru un peu déformé. Vice de conformation?

— Je ne le saurai pas avant d'avoir les résultats des examens.

○

Cathy demeura aux côtés de Clair-de-Lune pendant que le docteur Feyerman prélevait sur celui-ci du sang et des tissus. Elle avait redouté que cela ne soit douloureux, mais le savant ne prit que de minuscules raclures de peau et quelques gouttes de sang. Ce travail une fois terminé, il examina la tête de Clair-de-Lune. Il la tourna à gauche et à droite, fasciné par le fait que le poulain refusait de le quitter des yeux. Il lui passa ensuite la main sur le front où, juste au-dessus des yeux, il crut détecter un léger gonflement.

Après le départ de Feyerman, Cathy s'assit par terre à côté du poulain et l'entoura de ses bras, tandis qu'il regardait le savant traverser la cour. Sentant les muscles de Clair-de-Lune se tendre dans son encolure, elle poussa un soupir.

○

— Au départ, je pensais qu'il s'agissait d'une malformation du crâne, dit Feyerman. Mais il ne s'agissait, en fait, que d'une boule de poils emmêlés.

— Tant mieux! s'exclama Brannigan. Ça m'inquiétait.

C'était le soir, tard. Les deux hommes étaient assis dans le bureau de Brannigan et discutaient des résultats des analyses.

— Je me dois de te dire quelque chose, poursuivit le savant. Il ne s'agit pas d'un cheval ordinaire.

— J'espère bien que non. Il a coûté assez cher.

— Oublie le coût, pour l'instant. De fait, il ne faut pas alerter la presse avant que je ne te donne le feu vert.

— Qu'est-ce qui ne va pas? s'inquiéta Brannigan en fronçant les sourcils.

— J'ai examiné le poulain sur toutes les coutures, et je ne comprends toujours pas pourquoi il grandit si vite. Ses cellules sanguines ont une étonnante vitalité. Et les échantillons de tissus... Quelque chose ne colle pas. Le poulain ne puise son énergie de nulle part. Tu as vu comme il est rapide. Je parie qu'il est drôlement fort aussi.

— Qu'est-ce qui t'inquiète?

— Examinons les faits. Nous avons reconstitué une race chevaline qui s'est probablement éteinte il y a plus de dix mille ans. Le poulain est plein d'une énergie qu'il ne devrait pas avoir, et il grandit à une vitesse étonnante. Et le poil emmêlé sur son front...

— Tu reviens toujours à ça. Qu'est-ce que ça signifie?

Le savant se cala dans son fauteuil:

— As-tu déjà vu comment on coupe les cornes d'une vache? On se sert d'une scie, une scie à bois ordinaire et, en général, cela n'est pas douloureux. Les cornes ne sont pas faites d'os. Elles ne sont en réalité que du poil. Du poil emmêlé.

Brannigan garda le silence un long moment. Il se leva et alla à la fenêtre contempler la nuit.

Feyerman parla le premier:

— Il y a des légendes sur le sujet.

Son interlocuteur hocha la tête:

— Je sais, dit-il. Mais les légendes sont... Non. Ce n'est pas possible.

— Non seulement c'est possible, Roger, mais c'est ce qui arrive. Donne-lui quelques semaines et tu verras. La boule de poils emmêlés va pousser.

— Et devenir une corne! murmura Brannigan.

— Une corne. Les légendes disent vrai, vois-tu. Un cheval d'un blanc immaculé, muni d'une corne unique. On n'a pas simplement redonné vie à un cheval préhistorique, Roger, ricana Feyerman, on a recréé une licorne!

5

Cathy et Clair-de-Lune passèrent les semaines suivantes à jouer dans les prés. N'ayant pas l'habitude des chevaux, l'adolescente ne trouva rien d'anormal à ce que le poulain grandisse aussi vite, et personne ne prit l'initiative de la renseigner là-dessus.

Les ouvriers du haras avaient reçu la consigne de rester éloignés de Cathy et de Clair-de-Lune, seuls Roger Brannigan, Émile Feyerman et Damien O'Flynn étant autorisés à s'approcher du poulain.

Brannigan et Feyerman gardaient jalousement le secret de la licorne, craignant ce qui pourrait se passer si la presse avait vent de l'affaire avant qu'ils soient bien assurés de la survie de Clair-de-Lune. Feyerman avait décidé qu'il fallait surveiller le poulain de près pendant quelques mois, afin d'être certain que l'animal ne présente aucune autre anomalie, avant d'annoncer officiellement la nouvelle.

Lorsque Clair-de-Lune eut six semaines, Cathy s'aperçut que la bosse qu'il avait sur le front commençait à se voir: jusque-là, celle-ci ne se sentait qu'au toucher, mais voilà qu'elle était devenue protubérante. La jeune fille mentionna la chose à Damien, qui avoua être lui-même intrigué.

— Je n'ai jamais rien vu de semblable, dit-il, mais je suis sûr que cela n'a rien d'inquiétant. Feyerman nous en aurait parlé. Après tout, il est au courant de la bosse, non?

— Et comment! C'est la première chose qu'il vérifie chaque matin.

— Comment réagit-il? A-t-il l'air inquiet?

— Non, pas du tout, dit Cathy en secouant la tête. Au contraire, il sourit toujours.

— Je t'ai parlé du cadavre de cheval congelé trouvé dans un glacier, non?

— Le papa de Clair-de-Lune? Je me souviens d'avoir vu ça aux nouvelles, l'an dernier.

— Tu te souviens que la tête manquait? Je me demande s'il y a une relation?

Cathy flatta l'encolure de Clair-de-Lune en souriant.

— T'inquiète pas, va, Clair-de-Lune. Personne ne va te faire de mal!

— Il ne peut pas te comprendre, tu sais, dit Damien en riant.

— Bien sûr qu'il peut! Pas vrai, Clair-de-Lune?

Le poulain s'ébroua.

— Tu vois? fit Cathy. Il a répondu «Oui»!

— Très bien, Clair-de-Lune. Combien font six fois neuf?

Clair-de-Lune pencha la tête vers Cathy et s'ébroua de nouveau.

— Comment veux-tu qu'il te réponde? Il n'a pas le don de la parole, tu sais!

— Mais il peut comprendre! se moqua Damien.

— Oui, il peut! rétorqua Cathy, indignée. Clair-de-Lune, prouve-le. Lève-toi et marche autour de Damien.

Clair-de-Lune jeta à Cathy un regard qui signifiait: «Le faut-il vraiment?» mais il se leva quand même et fit une fois le tour de Damien. Ensuite, il s'arrêta pour le regarder, et il s'ébroua de nouveau.

Damien ne savait trop comment réagir. Immobile, il fixa le sol un moment, puis il regarda Cathy.

— Quoi que tu fasses, ne parle surtout pas de ceci à Feyerman ou à Brannigan, d'accord?

— Pourquoi pas? Que feraient-ils?

— Je ne sais pas. Et je ne veux pas le savoir, non plus. Tout ce que je te dis c'est: motus et bouche cousue! D'accord?

– D'accord.

Damien se leva et marcha vers la porte. Il se retourna en souriant.

— Tu avais raison, dit-il. Mais à partir de maintenant, Clair-de-Lune, fais donc semblant d'être un cheval normal et ordinaire, O.K.?

Clair-de-Lune baissa légèrement la tête, et puis la releva.

«Grands dieux! se dit Damien, il fait oui de la tête!»

○

— Il va falloir le sortir d'ici, les employés soupçonnent quelque chose, dit Feyerman à Brannigan.

— Je sais bien. Mais que peut-on faire?

— Tu as une autre propriété à Wicklow, avec une écurie?

— Oui, mais personne n'y habite pour l'instant. Qui s'occuperait de Clair-de-Lune?

— Moi. Je peux y installer mon laboratoire. Nous avons besoin de quelques mois encore avant d'éventer le secret, et je ne fais confiance à personne d'autre.

— Ça pourrait être difficile. Il est très attaché à Cathy.

— Il va falloir qu'il s'en détache. Écoute, au fond, ce n'est qu'un cheval, pas vrai? Il a peut-être subi une mutation mais, en dehors de cela, il n'est aucunement différent des autres.

— Je n'en suis pas si sûr. La façon dont il grandit, cette énergie qu'il a. C'est très différent, ça.

— Eh bien, raison de plus pour l'éloigner d'ici.

— O.K., consentit Brannigan, tu as raison. Mais quand?

— Le plus tôt sera le mieux. Demain matin?

○

Cathy se levait habituellement vers cinq heures et demie. Et comme elle était la première à voir Clair-de-Lune, le fait d'apercevoir Brannigan et Feyerman déjà auprès de lui la surprit.

La vue d'un camion et d'un van[1] garés dans la cour la mit dans tous ses états.

Elle entra en trombe dans l'écurie.

— Ne faites pas ça! Ne l'emmenez pas! cria-t-elle.

Brannigan se tourna vers elle.

— Écoute, Cathy, c'est pour son bien. Tu sais que Clair-de-Lune n'est pas… normal. Il a besoin d'une surveillance particulière que seul peut lui assurer M. Feyerman.

— Il va très bien! dit-elle en dévisageant le savant d'un air furieux.

Feyerman lui sourit faiblement.

— Je suis désolé, Cathy, mais non, Clair-de-Lune ne va pas bien. Nous devons l'emmener dans un endroit plus sûr.

— Où ça?

Le savant fut sur le point de lui répondre mais, abandonnant la partie, il se tourna vers Brannigan:

— Occupe-t'en, c'est ton problème.

Brannigan emmena Cathy dehors.

— Nous savons ce que nous faisons, lui dit-il. Fais-nous confiance.

— Et qu'advient-il de moi dans tout ça? Il a besoin de moi!

---

1. Van: Fourgon servant au transport des chevaux de course.

— Non, ce n'est qu'un cheval. Il y en a des tas d'autres comme lui au haras. Tu pourras t'occuper de l'un d'entre eux.

— Je ne veux rien savoir des autres! C'est Clair-de-Lune que je veux!

Cathy se rendait compte qu'elle devenait hystérique, mais elle n'allait pas laisser aller son cheval sans se battre.

— Ce que tu dois te mettre dans la tête, c'est que Clair-de-Lune est *mon cheval*, O.K.? Et c'est moi qui décide ici. Alors, ou bien tu l'oublies, ou bien tu fais ta valise et tu retournes chez toi. Qu'est-ce que tu choisis?

Cathy respira profondément.

— Je ne pourrais pas l'accompagner?

— Non.

— Alors je pars. Aujourd'hui même.

— Si c'est ce que tu souhaites, je vais dire à la secrétaire de te remettre ton chè-que.

— Gardez votre sale argent! lui lança Cathy. L'argent! Vous ne pensez qu'à ça! Vous pensez que c'est pour ça que je suis ici? Tout le monde n'est pas obsédé par l'argent, vous savez.

— Ça suffit! trancha Brannigan en la foudroyant du regard. Ramasse tes affaires et va-t'en!

Les joues inondées de larmes, Cathy sortit comme un ouragan. Elle emballa ses affaires en vitesse et quitta l'appartement des invités.

Comme elle sortait dans la cour, elle vit Feyerman qui s'apprêtait à faire entrer Clair-de-Lune dans la remorque. En l'apercevant, le poulain tenta de courir vers elle, mais Feyerman le retint par la corde qu'il lui avait attachée autour de l'encolure.

Clair-de-Lune fut forcé d'entrer dans la remorque. La rampe fut brutalement remise en place et verrouillée.

Cathy lui tourna le dos et se dirigea vers la route. Le camion la dépassa. Elle vit Clair-de-Lune dans la lucarne qui l'implorait des yeux.

Elle se mit à courir, mais le camion allait trop vite. Elle était déjà à bout de souffle lorsqu'il prit le virage pour se fondre dans la circulation matinale.

○

Il était près de onze heures lorsque Cathy arriva au logement. N'ayant pas voulu prendre le risque de faire de l'auto-stop, elle avait marché près de trois kilomètres avant d'attraper un autobus allant dans la bonne direction.

À sa grande surprise, sa tante était à la maison. Un mercredi, elle aurait dû être au travail.

Non moins surprise de la voir, Margaret s'exclama:

— Que s'est-il passé? Je ne t'attendais pas avant un mois!

Laissant tomber son sac, la jeune fille se mit à pleurer. Le visage dans les mains, elle sanglotait, espérant que sa tante viendrait la prendre dans ses bras et lui dire que tout s'arrangerait.

Mais celle-ci, l'ignorant totalement, continuait de regarder la télé.

De toute sa vie, Cathy ne s'était jamais sentie aussi seule.

6

Cathy passa le mois suivant à se préparer pour l'école et à essayer de ne pas penser à Clair-de-Lune. Margaret restait à la maison presque tout le temps pendant la journée. Elle s'était mise à sortir avec un homme riche, plus âgé qu'elle, et avait laissé tomber son emploi. Cathy la trouvait idiote, mais se gardait bien de le lui dire.

Stephen Harrison, l'ami en question, était dans la quarantaine. Il avait tendance à surgir à des heures insolites. Cathy le soupçonnait d'être marié, mais comme il n'était jamais question de sa vie privée ou de son travail, elle ne pouvait pas en être sûre.

Margaret paraissait toutefois beaucoup plus heureuse. Elle jouissait de beaucoup de temps libre. Stephen payait son loyer et la comblait de cadeaux. La présence de Cathy ne semblait pas l'importuner – elle lui donnait, au contraire, l'occasion de plastronner.

Il était toujours vêtu impeccablement. Complets de chez Philip's de Londres et lunettes Christian Dior. De temps en temps, il faisait aussi des cadeaux à Cathy: des animaux en peluche ou des bonbons, généralement. Mais il lui offrit une fois un canif de l'armée suisse. Il se montrait toujours poli et plein de charme, et trouvait solution à tout problème.

Cathy ne pouvait pas le voir en peinture. «Il est rare d'être aussi aimable, raisonnait-elle. Il doit sûrement être marié. Tous ses cadeaux ne servent qu'à nous convaincre de sa gentillesse. Mais s'il était vraiment gentil, il n'aurait pas besoin de nous faire de cadeaux.»

Le lendemain de la rentrée des classes, Stephen rentra d'un voyage d'affaires en Floride. Il rapporta des boucles d'oreille et un collier assorti à Margaret, et à Cathy, une licorne en peluche.

C'est à ce moment-là que débuta le rêve de Cathy.

La première nuit, elle rêva que Clair-de-Lune avait grandi et que la bosse de son front s'était transformée en une corne d'or, toute vrillée. Sa crinière et sa queue avaient pris une couleur dorée teintée de blanc.

Toujours dans son rêve, elle vit Clair-de-Lune galoper dans les prés, pourchassé par un homme monté sur un méchant étalon noir. Elle n'arrivait pas à distinguer le visage de l'homme, et quand elle tenta de se concentrer sur ses traits, elle se réveilla.

Il était six heures et demie du matin et, sachant qu'elle ne pourrait se rendormir, elle fit sa toilette, s'habilla et se prépara à partir pour l'école.

La journée lui parut interminable. Chaque cours s'éternisait lamentablement. Enfin libérée, elle courut à la maison et s'empara du téléphone.

Elle appela Terres-Basses et demanda à parler à Damien. Lorsqu'il vint à l'appareil, elle lui demanda des nouvelles de Clair-de-Lune.

— Je n'ai entendu parler de rien, admit-il. Feyerman n'est plus revenu depuis le départ de Clair-de-Lune. Et toi, comment vas-tu? Tu es partie sans même nous dire au revoir.

— Ça va. Mais il me manque.

— Je suis sûr qu'ils savent ce qu'ils font, Cathy. Ils ne lui feront pas de mal.

— J'ai rêvé à lui la nuit dernière, soupira Cathy. Quelqu'un le pourchassait.

— Ce n'est qu'un rêve, dit Damien en riant doucement. Je suis sûr qu'il va bien.

Ils bavardèrent encore un moment. Cathy se demanda si elle devait dire à Damien que, dans son rêve, Clair-de-Lune était une licorne, puis décida de n'en rien faire. Il lui rappela qu'elle n'avait pas encore été payée et lui promit de lui faire parvenir son chèque.

Cathy se sentit mieux lorsqu'elle déposa le combiné. Elle se disait que Clair-de-Lune l'avait probablement oubliée, et qu'elle devrait en faire autant.

○

Environ une semaine plus tard, Cathy rêva de nouveau à Clair-de-Lune. Cette fois, elle était montée sur son dos et il galopait sur une plage de sable,

C'était un rêve agréable, qui ne comportait aucun danger.

Ils s'arrêtèrent un instant. Clair-de-Lune mâchonnait dans les broussailles, sur une dune, tandis que Cathy l'observait.

— Comment vas-tu aujourd'hui? lui demanda-t-elle.

Clair-de-Lune releva la tête dans sa direction, et Cathy entendit une voix dans sa tête:

Ça va bien, mais il y a trop longtemps que je n'ai pas pu courir sur la plage.

— Tu as l'air en forme, dit Cathy. Le grand air te fait du bien. Ta robe reluit.

Clair-de-Lune marcha jusqu'à elle et frotta sa tête contre la sienne.

Merci de m'avoir sauvé la vie.

Soudainement, Cathy se sentit troublée. Elle ne se souvenait pas d'avoir sauvé Clair-de-Lune. Alors peu à peu, en y réfléchissant, elle finit par se rendre compte qu'elle rêvait. Elle se réveilla en pleurant doucement, ses bras étreignant son oreiller.

○

Au cours des semaines suivantes, Cathy se mit à rêver presque toutes les nuits.

Dans un de ses rêves, elle était de retour au haras, le matin où ils avaient déplacé Clair-de-Lune, et elle discutait avec Brannigan. Mais Clair-de-Lune décochait une ruade sur Feyerman qui essayait de lui passer le licou. Le cheval s'échappait alors de l'écurie et prenait la clé des champs.

Cathy s'élançait dans son sillage, laissant les deux hommes loin derrière.

Clair-de-Lune filait au grand galop, mais Cathy n'eut aucun mal à le rattraper. Ils coururent alors côte à côte, heureux d'être ensemble, en toute liberté.

Ils s'arrêtèrent au bord d'un ruisseau. Cathy s'agenouilla, épuisée, mais Clair-de-Lune n'était même pas essoufflé.

— C'est de la magie, non? demanda Cathy.

Clair-de-Lune hocha la tête.

Oui.

— Et il s'agit d'un autre rêve, n'est-ce pas?

Le poulain hocha de nouveau la tête.

Comme elle le regardait, il se mit à grandir. La bosse, sur sa tête, devint une corne, et son corps prit de l'ampleur. Il eut bientôt la taille d'un âne adulte, puis celle d'un poney, et il grandissait toujours. Lorsqu'il s'arrêta enfin, Cathy se leva et marcha vers lui. Elle frissonnait légèrement, ne sachant trop que faire.

N'aie pas peur, Cathy.

La scène changea alors. Clair-de-Lune était couché sur le côté, au centre d'un laboratoire obscur, rattaché à des tubes nourriciers et à un cathéter. Un amas de fils reliaient sa tête à ce qui paraissait être un ordinateur sophistiqué.

— Où sommes-nous? lui demanda Cathy.

Là où je suis en ce moment, dans le même monde que le tien. Ses yeux l'imploraient. *Je souffre tellement, Cathy. Emmène-moi loin d'ici!*

— Mais comment faire? Où es-tu?

C'est alors qu'elle s'éveilla. Une autre journée d'école. Elle resta assise dans son lit une bonne heure, à se demander quoi faire.

Lorsqu'elle arriva à l'école, Cathy avait décidé de sauver Clair-de-Lune à tout prix, quoi qu'il arrive.

○

La nuit suivante, Claire-de-Lune n'apparut pas tout de suite dans son rêve. Cathy se trouvait devant une grande maison. D'après les bruits et les odeurs, elle était quelque part à la campagne. La porte étant ouverte, elle entra. Il n'y avait personne, mais il lui sembla que l'endroit était inhabité depuis un bon moment. Sur le seuil, à l'intérieur, une petite pile d'enveloppes non décachetées gisaient par terre, et une mince couche de poussière en recouvrait toutes les surfaces.

Elle éprouva une envie irrésistible de visiter la maison et, ce faisant, elle découvrit des empreintes sur les balustrades. Elle gravit l'escalier, et vit qu'une des chambres était occupée.

Il y avait un tas de linge dans un coin et, sur la commode, une pile de notes manuscrites. Elle reconnut l'écriture d'Émile Feyerman.

Une fois redescendue, elle trouva la cuisine en désordre, des assiettes et des tasses sales partout, des journaux éparpillés sur la table. Une porte s'ouvrait sur un vaste jardin où Cathy s'aventura.

Tout au fond se trouvait une grande écurie, dont la porte était cadenassée. Par un trou dans les planches, Cathy aperçut Clair-de-Lune. C'était le même endroit que dans son rêve de la nuit précédente.

Le choc lui coupa le souffle, et elle se retrouva soudain debout, à l'intérieur de la porte d'entrée.

Cathy n'arrivait pas à comprendre ce rêve. Comment pourrait-il l'aider à sauver Clair-de-Lune? D'accord, elle aurait pu décrire l'endroit où l'on gardait Clair-de-Lune, mais où était-ce exactement?

Elle regarda alors la pile de lettres à ses pieds. Elle en ramassa une et lut l'adresse.

— Tiens bon, Clair-de-Lune, j'arrive! murmura-t-elle en souriant.

7

À son réveil, Cathy se souvenait parfaitement de l'adresse: *Roger Brannigan, Furlongs, Dunlavin, County Wicklow*, mais elle se rendait compte que tout ne serait pas aussi simple que de prendre un autobus.

C'était un vendredi. Cathy fit son casse-croûte et se rendit à l'école, comme d'habitude. Elle passa la journée à regarder par la fenêtre, au grand dam de ses professeurs et, en rentrant chez elle, elle s'attarda délibérément.

Comme toujours, Margaret était postée devant la télé lorsque Cathy entra. La jeune fille fit mine d'être très excitée en parlant à sa tante de l'invitation qu'une compagne de classe lui avait faite d'aller passer la fin de semaine chez elle.

La tante émit un grognement sans lever les yeux du petit écran.

— Alors, je peux y aller?

— Ouais. Quand?

— Ce soir! Je dois rencontrer Julie devant la librairie à cinq heures et demie, ou à l'intérieur s'il pleut.

— Ce soir? dit Margaret en retrouvant sa bonne humeur. Mais bien sûr que tu peux y aller! Quand reviendras-tu?

— Dimanche soir probablement. À moins que je ne parte de là pour aller à l'école directement, lundi matin.

— Eh bien, tu ferais mieux de te préparer!

En allant dans sa chambre, Cathy entendit sa tante prendre le téléphone. «Elle appelle sans doute Stephen pour lui apprendre qu'ils auront le logement pour eux tout seuls pendant trois jours», pensa-t-elle.

Elle parcourut sa chambre des yeux, se demandant quoi apporter. Des vêtements et de l'argent, bien entendu, mais quoi d'autre? Elle glissa dans sa poche de jean le canif de l'armée suisse que Stephen lui avait donné. Elle bourra son sac de vêtements et chaussa ses souliers de course.

Elle alla ensuite dans la cuisine se faire des sandwichs. Étant donné qu'elle ne savait pas combien de temps elle serait partie, ni même si elle reviendrait jamais, elle jugea bon de se constituer des réserves.

Elle utilisa presque entièrement un grand pain tranché, se faisant des club-sandwichs fromage/tomate et bananes/beurre d'arachide, ses préférés. Elle prit une demi-douzaine de pommes du panier à fruits et les ajouta aux sandwichs.

Cathy avait déjà pris possession du chèque de cinq cents livres envoyé par Damien. Elle en avait gardé deux cents en argent liquide, et savait qu'elle pourrait se procurer le reste au guichet automatique. Sans réfléchir, elle jeta dans son sac la licorne en peluche que Stephen lui avait offerte.

Comme elle sortait de la cuisine, Margaret remarqua le sac de nourriture.

— Où vas-tu avec tout ça? s'étonna-t-elle.

Cathy eut un moment d'hésitation.

— Euh..., dit-elle. C'est que les parents de Julie ne vont pas être là, alors on a décidé qu'il vaudrait mieux apporter de la nourriture.

— Je vois. Si je comprends bien, Julie n'a rien à manger, elle?

— C'est que, étant donné que je vais être son invitée, j'ai pensé qu'il serait plus poli d'apporter quelque chose.

Cette réponse sembla satisfaire Margaret.

«Je l'ai échappé belle!» se dit Cathy, en refermant la porte de sa chambre. Elle s'assit sur son lit et passa en revue tout ce qu'elle emportait. Elle ajouta sa lampe de poche et son baladeur. D'une part, elle serait peut-être obligée de marcher dans l'obscurité, et de l'autre, elle passerait sûrement un bon moment dans l'autobus. Porter un baladeur serait une excellente façon de s'assurer qu'on ne lui demande pas où elle allait.

○

À cinq heures de l'après-midi, Cathy ramassa son sac et sortit de sa chambre. Elle dit au revoir à Margaret et quitta le logement.

C'est là qu'elle se rendit brusquement compte qu'elle n'avait pas la moindre idée de la façon de se rendre à Dunlavin. Elle ne savait même pas où cela se trouvait.

«Commençons par le commencement, se dit-elle. D'abord, prendre le train jusqu'à Bray, dans le comté de Wicklow. Ensuite, je trouverai bien un bus ou un autre mode de transport.»

Elle marcha jusqu'au centre-ville, ensuite le long des quais jusqu'à la gare, rue Tara. L'heure de pointe, un vendredi, n'est pas le meilleur moment pour aller à la gare. Cathy passa donc dix minutes à faire la queue, terrifiée à l'idée que quelqu'un puisse deviner, en la voyant, qu'elle se sauvait de chez elle.

Se sauver de chez elle. Elle n'avait pas envisagé la chose sous cet angle, mais c'était précisément cela. «Que va-t-il se passer lundi soir quand je ne serai pas rentrée? se demanda-t-elle. Margaret appellera-t-elle la police? Se rendra-t-elle seulement compte de mon absence? Et quand la police verra qu'elle ne sait pas où je suis censée être, ça va barder!»

Cathy se sentit coupable durant quelques minutes, mais elle décida ensuite que si sa tante ne l'aimait pas assez pour lui avoir demandé où elle allait, elle n'avait qu'à en subir les conséquences.

Quand le train apparut enfin, il était bondé. Cathy dut rester debout jusqu'à Dun Laoghaire, où la plupart des passagers descendaient.

Elle arriva à Bray un peu avant sept heures et se planta devant le terminus en se demandant où aller. Une jeune femme qui poussait une voiturette d'enfant et qui était montée dans le train à Sandycove remarqua l'air hésitant de Cathy et s'approcha d'elle.

— Es-tu perdue? lui demanda-t-elle.

Elle avait environ vingt-cinq ans, de courts cheveux blonds et des yeux bleus pleins de gentillesse. Le bébé, dans la poussette, était de toute évidence son fils. Il avait en effet les mêmes yeux bleus et les cheveux blonds, comme elle. Il riait d'un air espiègle en regardant Cathy.

— Je suis plutôt perdue, oui, admit Cathy. Je voudrais aller à Dunlavin.

— Je n'ai jamais entendu parler de cet endroit. Est-ce situé quelque part dans Bray même?

— Non. Enfin, je ne pense pas.

— Tu fais une fugue, n'est-ce pas?

Cathy rougit et fut d'abord tentée de mentir. Mais cette jeune femme ne semblait pas du genre à la dénoncer à la police.

— J'essaie, admit-elle.

— On a une heure d'attente avant l'arrivée du car pour Kilpedder, n'est-ce pas, Shane?

L'enfant leva la tête et rit encore une fois. La mère de Shane sourit à Cathy en disant:

— Allons prendre une bouchée et tu pourras tout me raconter.

Elles s'installèrent dans un café plutôt minable et commandèrent du poisson et des frites. La jeune femme, qui s'appelait Brigitte, laissa Cathy terminer son récit avant de parler.

— Et tu t'es sauvée de chez toi uniquement pour retrouver un cheval?

Cathy avait omis de donner des détails concernant la création de Clair-de-Lune, ainsi que les rêves dans lesquels il était une licorne.

— Ça peut paraître idiot, mais...

— Ça va. J'en ai entendu de pires. Mais le fait de retrouver Clair-de-Lune va-t-il résoudre tes problèmes?

— Je ne sais pas, admit Cathy en haussant les épaules. Ça va probablement m'en créer des tas d'autres.

— Écoute, tu vas me dire où tu t'en vas, O.K.? De sorte que si l'on rapporte ta disparition, j'appellerai la police et je leur donnerai ton adresse, au cas où il arriverait quelque chose.

— Mais je ne voudrais peut-être pas qu'on me retrouve.

— Dans ce cas-là, décida Brigitte, en griffonnant son numéro de téléphone sur une serviette de table, appelle-moi s'il y a le moindre problème, ou si tu ne veux pas qu'on te retrouve, ou même si tu as seulement besoin de parler à quelqu'un, d'accord?

Cathy se sentait tellement soulagée d'avoir trouvé une amie qu'elle faillit se mettre à pleurer.

À côté d'elles, assis dans sa poussette, Shane mâchouillait méthodiquement une frite tellement grosse qu'il devait la tenir à deux mains. Il éparpillait d'ailleurs ses frites à moitié mastiquées un peu partout.

— Je vais devoir lui apprendre à manger sa nourriture et non à jouer avec, déclara Brigitte en ramassant les frites.

Cathy éclata de rire.

— Il est magnifique, dit-elle. Ressemble-t-il à son père?

— Parfois, oui. Mais rien ne m'agace plus que lorsque les gens lui trouvent des ressemblances. Moi, je dis qu'il a l'air de lui-même.

Cathy rit de nouveau.

— Avez-vous de nombreux frères et sœurs?

— Deux sœurs qui vivent à New York, et un frère, à Dublin. Je suis la seule encore à la maison.

— Ce doit être épatant d'appartenir à une famille aussi normale.

Brigitte la regarda dans le blanc des yeux.

— Cathy, dit-elle, une famille normale, ça n'existe pas.

○

Elles allèrent ensuite chez un vendeur de journaux chercher une carte du comté de Wicklow. Grâce à celle-ci et à un horaire d'autobus, elles trouvèrent un bus privé qui conduirait Cathy à Naas, de l'autre côté de la frontière du comté de Kildare.

— Tu devrais essayer de te loger là-bas pour la nuit, conseilla Brigitte. Demain matin, tu trouveras bien moyen de te rendre à Dunlavin, qui n'est pas très loin de Naas.

— Merci, dit Cathy en souriant à sa nouvelle amie, vous avez été vraiment très gentille.

Elle ouvrit son sac, en retira sa licorne en peluche et la tendit à Shane.

— Tiens, dit-elle, un cadeau pour toi.

— Ce n'est pas nécessaire, assura la jeune femme.

— J'y tiens. C'est la moindre des choses.

Brigitte lui dit au revoir et s'éloigna, tandis que son fils s'extirpait pratiquement de sa voiture pour sourire une dernière fois à Cathy. Dans ses bras, il serrait la petite licorne.

○

Le bus pour Naas était bondé de gens qui rentraient chez eux pour le week-end. À tel point que Cathy faillit ne pas pouvoir monter. Le chauffeur la crut toutefois lorsqu'elle lui dit avoir raté le bus précédent et il la laissa monter.

Elle dut rester debout pendant la majeure partie du trajet, mais le bus finit par se vider et elle put enfin s'asseoir et se reposer.

Comme ils entraient dans Naas, Cathy se mit de nouveau à s'affoler. Elle n'avait toujours aucune idée de ce qu'elle allait faire. Elle descendit au terminus et jeta un regard autour d'elle. Apercevant une vieille femme qui rentrait chez elle en portant deux énormes sacs d'emplettes, elle lui offrit de l'aider – tout en se sentant un peu coupable d'agir ainsi.

— Tu es bien gentille, ma chérie, répondit celle-ci en souriant. Tiens, prends ça. (Elle lui tendit un de ses sacs.) La plupart des jeunes ne songeraient pas à vous aider, de nos jours.

— Ça me fait plaisir.

— Comment t'appelles-tu, ma chérie?

Cathy hésita un instant avant de donner son nom à la vieille dame. Mais elle décida de le lui dire, afin qu'une personne au moins s'en souvienne, s'il lui arrivait quelque chose.

— Cathy, Cathy Donnelly.

— Donnelly? Tu ne serais pas parente avec les Donnelly qui habitaient la rue Matthew?

— Je ne pense pas, non.

La vieille dame se mit alors à lui débiter toute l'histoire de cette autre famille Donnelly: quels fils ou filles s'étaient bien mariés, les petits de tel ou telle qui étaient de vrais garnements, l'oncle qui était alcoolique et le cachait bien, la jeune fille qui s'était retrouvée enceinte et qui était allée à Manchester pour un avortement.

Cathy n'écoutait qu'à moitié, se contentant de hocher la tête aux bons endroits. De temps en temps, elle disait «C'est affreux!» ou bien «Elle aurait dû être mieux avisée», selon le tour que prenait la conversation.

La vieille femme s'arrêta brusquement.

— Nous y sommes, dit-elle. Merci encore, ma chérie. Tu es très gentille.

La maison de la vieille dame se dressait au centre d'une terrasse, et était agrémentée d'un petit jardin parfaitement tenu. Une enseigne blanche du *Bureau du tourisme irlandais* était pendue à l'extérieur. La jeune fille ne put retenir un sourire.

— Et moi qui allais justement vous demander si vous ne connaîtriez pas une pension de famille dans les environs?

— Va à Saint-Jude, répondit la vieille dame en souriant. C'est la meilleure pension de famille de Naas, et je m'y connais. Mais tu n'as sûrement pas l'intention de rester ici? N'es-tu pas un peu jeune pour te balader toute seule?

— J'ai dix-sept ans, mentit Cathy en haussant les épaules. Je devais descendre chez mon cousin, mais mon oncle n'est pas venu me rejoindre. Il devait venir de Dunlavin me chercher en auto, mais j'ai appelé la maison et n'ai pas obtenu de réponse.

La vieille dame pinça les lèvres et plissa le front. «Elle ne me croit pas», conclut Cathy, qui tenta désespérément de se rattraper.

— Il est médecin, voyez-vous, et il est parfois absent de chez lui. Je rappellerai plus tard, mes cousins seront sans doute là.

La vieille dame se détendit et ouvrit la grille.

— Entre donc, alors, ma chérie, dit-elle. Je te ferai une tasse de thé. Bien sûr, si ton oncle ne peut pas venir te chercher, tu peux rester ici. Je te saurai au moins en sécurité.

○

Plus tard, dans la soirée, Cathy s'entretint dix minutes avec l'horloge parlante*, lui demandant si tout allait bien et quand l'oncle Billy serait de retour.

Elle retourna ensuite à la cuisine où la vieille dame, Mme O'Neill, l'attendait anxieusement.

—- J'avais deviné juste. Il y a eu une urgence. Ils s'inquiétaient tous pour moi, apparemment. Quoi qu'il en soit, je leur ai dit qu'ils n'avaient pas à s'inquiéter, et que je prendrais le bus demain matin.

— Très bien alors, dit Mme O'Neill.

Cathy se coucha à dix heures. C'était la première fois depuis son départ de Terres-Basses qu'elle dormait dans un lit étranger, mais elle était tellement épuisée qu'elle tomba tout de suite profondément endormie.

Elle rêva à nouveau de Clair-de-Lune. Cette fois, il y avait d'autres licornes, blan-

---

* Horloge parlante: procédé de diffusion de l'heure par appel téléphonique.

ches pour la plupart, mais certaines étaient dorées, et arboraient une crinière blanche. Toutes étaient plus jeunes que Clair-de-Lune qui se tenait fièrement parmi elles. *Ce seront mes enfants,* lui dit-il.

La scène changea. Clair-de-Lune combattait l'énorme étalon noir que Cathy avait déjà vu dans un rêve précédent. Elle distinguait maintenant un moignon sur la tête du cheval à l'air méchant, là où sa corne avait été coupée.

Voilà une chose à laquelle elle n'avait jamais pensé auparavant. Dans les légendes, il était question de licornes blanches et dorées, dont la vie n'était que pureté et altruisme. Elle n'avait jamais entendu parler de licornes noires, mais elle se dit qu'il n'y avait aucune raison pour qu'elles n'existent pas.

Les licornes combattaient férocement. La corne de Clair-de-Lune s'enfonça profondément dans le flanc de la licorne noire, y traçant de longues estafilades sanglantes. La licorne noire hennit et fonça sur Clair-de-Lune.

Cette scène se termina alors elle aussi.

Au matin lorsqu'elle ouvrit les yeux, Cathy aperçut la vieille dame qui se tenait près de son lit, une tasse de thé à la main.

— Alors, ma chérie, ça va bien?

— Bien merci, répondit Cathy, sourire aux lèvres.

— Tu as une grosse journée devant toi, tu sais?

— Je sais.

○

Il fut facile de trouver un autobus allant à Dunlavin: Cathy obtint tous les renseignements au *Bureau du tourisme*.

Le trajet vers Dunlavin dura près d'une heure. Cathy passa le plus clair de son temps à regarder par la fenêtre et à s'inquiéter du sort de Clair-de-Lune.

À un moment donné, elle se dit qu'elle devenait folle: elle n'avait aucune preuve que Clair-de-Lune fût en danger. Et plus elle se rapprochait de Dunlavin, moins il lui paraissait plausible que des licornes existent, et encore moins celles qui parlent dans votre tête.

«Je suis cinglée! se disait-elle. Arrivée à Dunlavin, je ne trouverai rien! Il n'y aura même pas de maison. Cette idée est complètement idiote.»

D'une voix de stentor, le chauffeur cria: «Dunlavin!»

Le bus ralentit aux abords de la ville, puis, juste avant de s'arrêter, il passa devant une splendide maison d'allure imposante. Devant l'entrée, une plaque de laiton annonçait: *Furlongs.*

Stupéfaite, Cathy suivit les autres passagers qui descendaient du bus. Puis, revenant vers la maison, elle se planta devant la grille, perplexe.

Une voix résonna alors dans sa tête:

Cathy, je savais bien que tu viendrais me chercher!

8

Il fut un temps où la magie faisait partie de la vie quotidienne. Elle n'avait rien de terrifiant. Les gens la trouvaient aussi normale et réelle que le lever du soleil à l'aube.

Mais les choses changèrent. Certains se mirent à abuser de leurs pouvoirs magiques et le reste du peuple vécut dans la terreur.

Il y eut un homme – disons, un magicien – qui se servit de la magie pour aider les récoltes à pousser dans les champs environnants. Personne ne le lui avait jamais demandé, et il ne chercha jamais à être payé pour son intervention.

Le magicien exerçait sa magie avec l'aide de son amie, une vieille licorne pleine de sagesse. En ces temps-là, les gens et les licornes vivaient côte à côte. Il existait aussi des chevaux ordinaires, mais ils ressemblaient autant aux licornes que les chimpanzés et les babouins aux humains.

La licorne vécut très longtemps. Aux approches de la cinquantaine, elle sentit sa fin prochaine. Accompagnée de son ami le magicien, elle alla voir un fermier pour lui demander d'être ensevelie dans un des champs qu'elle avait elle-même fertilisés.

Le fermier acquiesça et la licorne mourut peu après.

Le magicien pleura la mort de son amie, se consolant en pensant que celle-ci avait eu une belle vie et n'avait jamais causé de tort à personne. Or un jour qu'il se promenait dans le champ où l'on avait enterré son amie, il remarqua que la terre, autour de sa tombe, avait été fraîchement retournée.

Fortement inquiet, il courut à la ferme et demanda à voir le fermier. Le fils du fermier lui répondit que son père était occupé, mais le magicien soupçonna quelque traîtrise.

Il projeta son esprit, comme la licorne lui avait appris à le faire, et sentit que le fermier était dans son atelier.

Le magicien s'y rendit et, sans un mot, enfonça la porte d'un coup de pied.

Assis devant son établi, le fermier était en train de gratter le crâne de la licorne à l'aide d'un couteau.

Fou de rage, le magicien se jeta sur le fermier. Le fils s'interposa, éloignant le magicien de son père effarouché, et exigea de connaître les raisons de cette agressivité.

Pointant du doigt le crâne de la licorne, le magicien déclara:

— C'était mon amie!

À quoi le fermier répliqua:

— C'était une bête, rien de plus.

— Elle t'a aidé durant toutes ces années et c'est ainsi que tu lui témoignes ta reconnaissance!

Le fermier et son fils restèrent sourds à ses supplications et refusèrent de remettre le crâne dans la tombe.

L'année suivante, il n'y eut pas de pluie. Le soleil sécha la terre et embrasa les champs de maïs. L'eau stagna dans les puits et bientôt le fermier et sa famille connurent la faim.

Ils allèrent trouver le magicien et le supplièrent de les aider:

— Il faut que vous arrêtiez la sécheresse!

— Ce n'est pas moi qui ai causé la sécheresse, répondit le magicien. La licorne et moi l'avons empêchée pendant des années. Cette année, je ne suis pas intervenu pour la contrer. C'est entièrement de votre faute. Votre cupidité vous a menés aux portes de la mort.

— Je suis désolé, pleurnicha le fermier. Que puis-je faire?

Le magicien les emmena chez lui, les nourrit et leur donna de l'eau à boire. Une semaine plus tard, en rentrant chez eux, ils trouvèrent leur maison entièrement démolie par la chaleur du soleil.

Le fermier accusa le magicien, mais sa femme intervint:

— Ce qui est fait est fait, déclara-t-elle. C'est de notre faute. Avec le temps, on pourra reconstruire la ferme. Ce ne sera pas facile, mais c'est le prix qu'il nous faut payer.

Le fermier retourna dans sa maison en ruines, et fouilla dans les décombres jusqu'à ce qu'il eut retrouvé les deux objets qu'il cherchait: le premier, c'était le crâne de la licorne; le second, une pelle.

○

Cathy s'était assise sur le banc d'un parc pour profiter du soleil et écouter le récit de Clair-de-Lune. Il était près d'une heure de l'après-midi. Clair-de-Lune l'avait avertie de ne pas s'approcher de la maison avant la tombée de la nuit.

Tout en grignotant ses sandwichs, elle discutait avec lui de l'évolution de la situation. Clair-de-Lune prévint Cathy qu'en le revoyant elle ne serait peut-être pas trop heureuse de le voir prisonnier.

— Je sais à quoi m'attendre, répondit-elle en esprit. Tu m'as envoyé ce rêve, tu te souviens?

Bien entendu. Mais un rêve c'est une chose et la réalité en est une autre.

— Comment se fait-il que tu puisses me parler comme ça?

Tu étais là à ma naissance. Quand j'ai eu besoin de quelqu'un, tu m'as aimé et tu m'as aidé. Tu es pure et bonne, Cathy. Je n'aurais pas pu demander mieux..

— Comment peux-tu savoir tant de choses? Ce qui est arrivé il y a des milliers d'années?

Les souvenirs peuvent se transmettre d'une génération à l'autre. Nous ne som-

mes pas comme vous, les humains, Cathy. Notre pouvoir est très fort. Nous vivons, mourons et vivons à nouveau.*

— Je ne sais pas quoi faire, Clair-de-Lune, admit Cathy après un instant de réflexion.

Attends jusqu'à minuit. Je suis très faible, car ces appareils minent mon pouvoir. C'est la nuit que je suis le plus fort.

— Est-ce parce que tu es né la nuit?

Toutes les licornes naissent la nuit. La magie est en notre pouvoir lorsque le monde des humains dort.

— On dit que la lune est magique elle aussi, c'est vrai?

Pas dans ce sens-là. Nous voyons la réflexion de la lumière du soleil sur la lune, mais il n'y a pas que la lumière qui soit réfléchie. D'autres formes d'énergie nous atteignent de la même manière, y compris la magie.

— La magie n'est donc qu'une forme d'énergie différente? Je regrette, Clair-de-Lune, mais je ne comprends pas grand-chose à l'énergie. Comment est-ce que la magie fonctionne?

Pour remonter une horloge, tu te sers de l'énergie présente dans tes muscles. Ensuite, le ressort, dans l'horloge, relâche lentement cette énergie pour faire bouger les aiguilles. *L'énergie musculaire s'est donc transformée en énergie mécanique.*

— Mais que se passe-t-il ensuite? Où s'en va l'énergie? Je pensais qu'on ne pouvait ni la créer ni la détruire?

Les composantes de l'horloge s'usent petit à petit sous l'effet de la friction. L'énergie se transforme alors en chaleur. Bien qu'elle soit non détectable dans ce cas-là, elle n'en demeure pas moins de la chaleur. Issue des pièces métalliques, la chaleur réchauffe l'air.

— Je commence à comprendre, dit Cathy en souriant. En remontant une horloge, je peux réchauffer une pièce.

Avec le temps, oui. Un autre exemple: les plantes absorbent l'énergie du soleil et grandissent. Elles meurent et sont comprimées sous des millions de tonnes de terre. Un jour, l'homme découvre que les plantes carbonisées se sont transformées en charbon et il le brûle dans des centrales électriques... L'énergie solaire donne de l'électricité, qui, à son tour, produit de la chaleur et de la lumière.

— Et où se situe la magie dans tout ça?

Si on se sert de la magie pour remonter une horloge, la magie se transforme en énergie potentielle pour le ressort.

— Mais à l'origine de tout ça, où l'homme trouve-t-il l'énergie?

Là où il puise la chaleur ou la lumière, dans ce qu'il mange, dans tout. La magie est la force vitale de toute créature vivante. Elle croît à mesure que nous grandissons, elle se développe en même temps que notre expérience. C'est ce qui nous forme, ce qui nous donne notre identité. La magie, c'est ce que nous sommes.

○

Ce soir-là, à la nuit tombante, Cathy revint vers la maison. Il y avait de la lumière dans une des pièces du rez-de-chaussée, ainsi qu'à l'arrière. Cathy devina que celle-ci devait être à l'extérieur de l'écurie où Clair-de-Lune était emprisonné.

Elle se posta de l'autre côté du chemin, à demi cachée par une haie. Clair-de-Lune s'était tellement affaibli qu'il n'arrivait plus à communiquer avec Cathy. Il avait fait de son mieux pour lui indiquer les difficultés qu'elle serait susceptible de rencontrer, mais il devait avouer qu'il ne pourrait plus l'aider une fois qu'elle serait entrée dans la propriété.

Comme le temps fraîchissait, Cathy remonta la fermeture éclair de sa veste et enfila son sac à dos. Il était onze heures passées lorsque les lumières s'éteignirent enfin, et un autre quart d'heure s'écoula avant qu'elle n'entendît démarrer un moteur.

Elle se tapit derrière la haie pour voir l'auto sortir de l'allée principale, mais elle était assez près pour reconnaître Émile Feyerman, assis au volant.

Elle attendit encore quelques minutes, son cœur battant la chamade.

«O.K., se dit-elle alors. Allons-y!»

Elle regarda à droite et à gauche. Il n'y avait pas d'autre voiture sur la route et, vu l'absence de réverbères, tout baignait dans l'obscurité. Même la lune et les étoiles se cachaient derrière d'épais nuages.

Cathy alluma sa lampe de poche, dirigeant le pinceau de lumière vers le sol, tout près d'elle, au cas où quelqu'un regarderait de son côté.

L'allée menant à Furlongs était recouverte de gravier. Après trois ou quatre pas, Cathy se rendit compte qu'elle ne pourrait s'y déplacer sans bruit. Elle décida donc de marcher dans l'herbe, consciente d'y laisser l'empreinte de ses pieds, à cause du serein. Mais elle n'avait pas le choix.

L'allée longeait la partie gauche de la maison et menait à un garage double. Cathy s'arrêta là et tendit l'oreille.

Mais il n'y avait d'autre bruit que sa respiration haletante.

Une palissade avait été aménagée dans le mur qui séparait la maison du garage. En se tenant à un mètre de distance, Cathy l'examina avec attention, en prenant soin d'y braquer sa lampe le plus près possible. Son corps, espérait-elle, bloquerait la réflexion de la lumière.

C'était une simple palissade en bois, mais très solide et qui mesurait deux mètres de haut, sans prises pour les mains. Elle éteignit sa lampe et jeta un nouveau regard alentour. Sûre que personne ne se trouvait là, Cathy glissa la lampe dans sa poche et s'élança vers le haut de la palissade.

Des échardes blessaient ses mains et elle dut s'aider de ses pieds pour grimper, mais elle parvint enfin à s'arc-bouter sur la palissade. Elle se reposa un moment, une jambe pendant de chaque côté, puis, allumant sa lampe, elle regarda en bas.

Voilà une chose à laquelle elle ne s'attendait pas: le sol était beaucoup plus bas de l'autre côté, à au moins trois mètres. Des marches menaient à la palissade, mais elle décida de sauter plutôt dans l'herbe, bien que celle-ci soit plus éloignée. Tomber sur les marches de ciment aurait été trop dangereux.

Toujours à califourchon, elle se glissa jusqu'au mur, centimètre par centimètre, ramena l'autre jambe du bon côté et se laissa tomber. Elle atterrit lourdement dans l'herbe humide et ressentit une vive douleur au genou droit.

Assise dans le gazon, elle se mordit les lèvres pour s'empêcher de hurler. Elle s'efforça de se relever mais elle constata qu'elle ne pouvait marcher qu'en s'appuyant au mur.

Elle contourna la maison avec précaution et, à la lumière de sa lampe, aperçut l'écurie devant elle.

La porte était solidement verrouillée. Jurant entre ses dents, Cathy se saisit du cadenas et tenta vainement de l'arracher.

Un hennissement sourd lui parvint de l'intérieur.

— Clair-de-Lune? C'est moi. C'est Cathy!

Il n'y eut pas de réponse.

○

Dans une remise ouverte, Cathy trouva une grosse bêche. Elle glissa les dents derrière le verrou en appuyant de toutes ses forces sur le manche. Le verrou bougea légèrement mais, même en y mettant tout son poids, elle ne réussit pas à le faire céder.

Elle laissa tomber la bêche et s'arrêta pour réfléchir. Elle se rappela alors le canif de l'armée suisse qu'elle avait dans sa poche. Elle en dégagea le tournevis et se mit à retirer les vis autour de la gâche.

Il lui fallut près de dix minutes et ses mains étaient couvertes de coupures et d'ampoules lorsque la gâche céda enfin.

C'est alors qu'elle ouvrit la porte et que, à la lumière de sa lampe, elle aperçut Clair-de-Lune.

Comme dans son rêve, la licorne était couchée sur son flanc, branchée à des tubes et à des fils qui, à leur tour, étaient reliés à un équipement de contrôle.

Cathy se précipita à l'intérieur, sans remarquer, dans l'obscurité, la petite boîte blanche en plastique qui était reliée au chambranle de la porte.

○

Une autre nuit tranquille au poste de police. Comme d'habitude.

Garda Connor O'Duffy tentait vainement de capter, sur son poste à ondes courtes, les informations mondiales de la BBC World Service. Mais c'était un samedi et son dernier quart de nuit de la semaine tirait à sa fin.

Quant au sergent, il dormait sur sa table de travail, la tête appuyée sur son avant-bras en guise d'oreiller.

Alors que, dans toutes les grandes villes, les samedis soirs étaient normalement les plus occupés de la semaine, ils étaient, à Dunlavin, d'un incroyable ennui.

Si bien que, quand l'alarme se déclencha, O'Duffy en laissa échapper sa radio de surprise. Il entendit un cri diffus en provenance du bureau du sergent, et les deux hommes se précipitèrent vers le panneau d'alarme pour essayer de comprendre de quoi il retournait.

Ils mirent cinq bonnes minutes à trouver le papier où étaient inscrits les codes, puis deux autres à appeler Naas pour les avertir de ce qui arrivait. Puis ils sautèrent dans leur voiture et filèrent vers la résidence de Roger Brannigan.

9

— **E**st-ce que ça va, Clair-de-Lune?

La licorne était trop faible pour répondre. Ses jambes bougèrent péniblement comme Cathy pénétrait dans l'écurie obscure.

Bien qu'elle l'eût revu en rêve, Cathy ne pouvait croire que Clair-de-Lune eût autant grandi. Sa corne était maintenant solide, en vrille et dorée. Elle saillait en avant, sur quarante-cinq centimètres environ. Sa crinière et sa queue avaient également des reflets dorés.

Elle entendit dans sa tête une voix toute faible.

Cathy...

— Ça va aller, Clair-de-Lune. Je vais te sortir d'ici.

Elle retira doucement les tubes nourriciers et les fils de contrôle du corps de Clair-de-Lune. Sans s'occuper de son genou douloureux, elle s'agenouilla près de lui.

— Peux-tu te lever, Clair-de-Lune?

En guise de réponse, la licorne se tortilla doucement pour ramener ses jambes sous elle puis, visiblement avec peine, réussit à se mettre debout. Ce faisant, elle fit basculer un petit établi.

Du plastique et du verre crissèrent sous ses sabots.

Cathy guida la licorne hors de l'écurie, mais se rendit soudain compte qu'elle ne pourrait pas la faire sortir de la propriété.

«Quelle tuile! marmonna-t-elle. J'aurais dû mieux me préparer.»

Une pensée lui traversa l'esprit. Si elle parvenait à entrer dans la maison, elle pourrait, en ouvrant la porte arrière, y faire passer Clair-de-Lune.

Mais comment y pénétrer? En cassant une fenêtre? Cela pourrait déclencher une alarme. Comme pour faire écho à sa pensée, la stridulation d'une sirène de police résonna au loin. Cathy souriait de la coïncidence quand elle comprit qu'elle en avait peut-être déjà déclenché une sans le savoir. Elle avala sa salive un bon coup. Pas de doute possible, la sirène se rapprochait et très vite.

— Clair-de-Lune, on est dans de beaux draps!

La licorne regarda autour d'elle en faisant pivoter ses oreilles pour tenter de suivre le bruit de la sirène.

Grimpe sur mon dos, Cathy!

— Je ne peux pas, Clair-de-Lune, je me suis fait mal au genou. Et puis, tu es trop faible!

Clair-de-Lune regarda l'adolescente d'un air sévère, puis il s'agenouilla afin qu'elle puisse le chevaucher. Avec un grand effort, il réussit à se mettre debout encore une fois et il partit au petit trot vers l'arrière de la propriété.

Cathy entendit la voiture de police s'arrêter devant la maison et la voix des agents qui commençaient leur inspection.

Au fond du terrain, une barrière s'ouvrait sur un grand champ, mais, même si elle était basse, Clair-de-Lune n'eut pas la force de la franchir. Il fonça plutôt à travers la haie qui la longeait.

Les agents avaient dû entendre le bruit car, l'instant d'après, l'un d'eux braquait une puissante lampe de poche dans leur direction. Puis il les interpella et les prit en chasse.

— Allons, Clair-de-Lune! Cours!

Je ne peux pas. Désolé. Je suis trop faible.

«Il doit pourtant y avoir quelque chose à faire!» songeait Cathy. Ils avaient parcouru la moitié du champ, et le plus jeune des deux agents était en train de les gagner de vitesse, leur criant de s'arrêter.

Clair-de-Lune accéléra un peu et Cathy faillit être désarçonnée.

Ils s'approchaient du bout du champ, mais celui-ci était entouré d'une muraille de pierre de deux mètres de haut. Clair-de-Lune courait toujours, mais Cathy sentait qu'il faiblissait considérablement.

Voyant qu'ils ne pouvaient leur échapper, l'agent ralentit sa course, attendant qu'ils reviennent sur leurs pas. Son collègue le rejoignit, le souffle court et la face cramoisie.

Clair-de-Lune atteignit la muraille, ralentit et s'arrêta.

Les agents s'approchèrent, leurs lampes toujours braquées sur le visage de Cathy.

— Bon. Calmez-vous, mademoiselle. Où êtes-vous si pressée d'aller à cette heure de la nuit?

La lune creva les nuages et, pour la première fois, les agents aperçurent Clair-de-

Lune. Les yeux rivés sur sa corne, ils s'im-
mobilisèrent, estomaqués. Le jeune agent
secouait la tête lentement.

— Incroyable! dit-il. Incroyable.

Cathy les regardait tour à tour, tout en
flattant l'encolure de Clair-de-Lune.

— C'est mieux comme ça, Clair-de-
Lune, affirma-t-elle. Maintenant, au moins,
Feyerman cessera de te faire du mal.

Clair-de-Lune retrouva un rythme normal de respiration. Il regarda l'agent, puis
de nouveau la haute muraille de pierre. Il
avait été si près de la liberté!

10

Clair-de-Lune leva la tête et admira la lune. Il ne l'avait pas revue depuis long-temps, et jamais elle ne lui était apparue aussi belle.

Comme les agents approchaient, le fixant avec émerveillement, sa tête se mit à tourner.

Il crut d'abord qu'il allait s'évanouir d'épuisement, mais il comprit tout à coup ce qui arrivait.

Tiens bon, Cathy!

Raidissant ses jambes vigoureuses, Clair-de-Lune s'élança et franchit la muraille pour atterrir solidement de l'autre côté.

Beaucoup plus tard, nichés au cœur des montagnes de Wicklow, Cathy et Clair-de-Lune se reposaient. La licorne avait trouvé un arbre tombé près duquel les deux fugitifs s'étaient allongés pour passer la nuit.

Jamais ni l'un ni l'autre ne s'étaient sentis aussi libres!

Au réveil, Cathy était épuisée, affamée. Elle souffrait aussi énormément de ses mains couvertes d'ampoules et de son genou douloureux.

Déjà levé, Clair-de-Lune mâchonnait des fougères un peu plus loin.

— Clair-de-Lune!

La licorne se tourna vers l'adolescente.

Cathy, tu es blessée. Je sens chez toi une grande douleur.

— Je suis mal tombée de la palissade, hier soir.

Clair-de-Lune s'avança vers elle et s'agenouilla.

Monte sur mon dos. Il y a une mare près d'ici.

— Une mare? Ça pourrait me soulager? demanda Cathy, incrédule, en se hissant sur le dos de Clair-de-Lune.

Quelques minutes plus tard, elle remarqua une puissante odeur de moisissure. Elle plissa le nez de dégoût et grimaça en constatant que la puanteur venait de la mare.

Descendant de la licorne, elle s'approcha de l'eau. Une épaisse couche d'algues y flottait, et les petits tourbillons arc-en-ciel qui traînaient sur la surface lui indiquaient que l'eau était plutôt polluée. Des herbes fanées et des fougères poussaient sur les berges.

Regarde bien, dit Clair-de-Lune.

Il baissa la tête et plongea sa corne dans l'eau. Sous les yeux de Cathy, l'huile disparut subitement de la surface et les algues se désintégrèrent. En un instant, l'eau était devenue pure et limpide.

— Formidable! s'exclama Cathy. Comment as-tu fait ça?

Maintenant, plonge tes mains dans l'eau, ordonna Clair-de-Lune en lui faisant un clin d'œil.

L'adolescente s'exécuta, tenant les paumes vers le bas. Elle sentit de drôles de picotements dans ses mains et, lorsqu'elle les sortit de l'eau, les éraflures et les ampoules étaient guéries.

Cathy s'aventura ensuite dans l'eau, s'y immergeant jusqu'à la taille et, tout à coup, son genou cessa de lui faire mal. En riant, elle remplit ses mains d'eau qu'elle lança en l'air. Le fin nuage de gouttelettes dessina des arcs-en-ciel dans le soleil matinal.

— Je peux en boire? demanda-t-elle.

Bien entendu. L'eau guérit la plupart des maladies. Certains prétendent même qu'elle peut ressusciter ceux qui viennent de mourir.

Cathy sirota un peu d'eau et la trouva incroyablement pure. Elle semblait s'évaporer au fur et à mesure qu'elle l'avalait, et bientôt sa faim diminua. Elle se sentit rafraîchie, revigorée, et sa fatigue disparut complètement.

Cathy bondit hors de l'eau avec une énergie dont elle ne se serait pas crue capable, et elle embrassa la licorne. À son tour, Clair-de-Lune abaissa la tête et se mit à boire.

○

Roger Brannigan avait reçu l'appel des policiers à une heure du matin. Ces derniers étaient repartis vers quatre heures, et il n'avait pas encore dormi.

«Comment une telle chose a-t-elle pu se produire? se demandait-il pour la centième fois depuis qu'il avait appris le départ de Clair-de-Lune. Comment cela est-il possible?»

Dès l'arrivée de Feyerman à Furlongs, Brannigan déversa sa rage sur lui.

— Elle est partie, espèce d'idiot!

Feyerman recula d'effroi.

— De quoi parles-tu?

— De la licorne! Quelqu'un l'a enlevée hier soir, en ton absence. Je pensais que tu devais t'en occuper!

— Je n'en reviens pas! s'exclama Feyerman en secouant la tête.

Brannigan prit le scientifique par le bras et le traîna à travers la maison jusqu'à l'écurie, où la serrure et le cadenas gisaient sur le sol.

— Qui a fait ça? demanda Feyerman.

— La fille, Cathy Donnelly. La police a répondu au déclenchement d'une alarme et ils l'ont vue, montée sur la licorne, qui courait à travers champ.

— C'est impossible. La licorne pouvait à peine se tenir debout!

— Elle a été capable de bien plus que ça. Elle a sauté la muraille d'un seul bond quand les agents l'ont interceptée au fond du champ.

Feyerman se mordit la lèvre.

— Ils l'ont vue? Assez pour déterminer qu'elle n'est pas un simple cheval?

— Oui, ils le savent maintenant. Et d'ailleurs, ils auraient bien aimé savoir aussi ce que tu faisais dans l'écurie avec tout cet équipement. On n'est pas sortis du bois!

Feyerman ricana méchamment.

— Que veux-tu dire par *nous*? C'est ta maison et c'est ta licorne. Je ne sais pas du tout de quoi tu parles.

Brannigan saisit Feyerman par le revers de sa veste.

— Écoute attentivement, lui dit-il. J'ai déjà dit à la police que tu habitais ici. Ils ont vu tes notes. Tout l'équipement t'appartient. Si tu essaies de te défiler, je te préviens: je te ruinerai. C'est clair?

Le savant se dégagea avec colère.

— Comme du cristal, répondit-il.

Brannigan se passa nerveusement les doigts dans les cheveux.

— Ils ne savent pas qui est la fille, et je leur ai dit que je n'en avais pas la moindre idée non plus. Mais d'après la description, il s'agirait bien de la petite Donnelly.

— Qu'est-ce qu'on fait maintenant?

— Il faut la retrouver, et la licorne aussi. Je veux ravoir la licorne ici. La fille, je m'en fiche.

Le savant parcourut l'écurie des yeux.

— J'imagine que les policiers ont passé cet endroit au peigne fin? Ont-ils emporté quelque chose qui puisse servir de preuve?

— Je n'en sais rien.

— J'avais une caisse de prélèvements de sang et de tissus. Elle n'y est plus.

Il se remit à chercher un peu partout et remarqua alors une caisse sous le bureau.

— Non, la voici, dit-il.

Il se pencha pour la ramasser et vit avec horreur qu'elle portait l'empreinte d'un sabot. Elle était complètement écrasée.

— Cette sacrée licorne savait ce qu'il y avait dedans!

— Qu'est-ce que c'était?

— Les seuls échantillons de sang et de tissus que j'avais prélevés sur elle. Ils sont inutilisables. (Il laissa tomber la caisse.) Sans échantillons vivants de tissus, jamais nous ne pourrons reproduire une autre licorne.

— Alors retrouve-la, par n'importe quel moyen.

— Même si je dois la tuer pour obtenir les prélèvements?

— Fais ce qu'il faudra, dit Brannigan en se détournant.

11

— Ils vont sûrement se lancer à notre recherche, émit Cathy.

Je sais. Connais-tu un endroit où on pourrait se cacher?

— Il doit y en avoir des tas, répondit Cathy en haussant les épaules, mais je ne sais vraiment pas où chercher.

On ne risque rien pour le moment. Parle-moi du savant.

— Je ne l'aime pas, dit Cathy. Il me paraît impitoyable. Mais Brannigan est encore pire. Ils sont tous les deux obsédés par l'argent.

L'argent, reprit Clair-de-Lune, *l'argent est une des magies modernes, Cathy. La promesse de payer au porteur une somme équivalente en or. As-tu beaucoup d'argent?*

— Pas beaucoup. Mais assez pour nous tirer d'affaire pendant un certain temps.

Mais pas pour toujours? Que va-t-il se passer quand il n'y en aura plus?

— Je ne sais pas, Clair-de-Lune. On pourra manger gratuitement, ça j'en suis sûre. Il y a des baies, des noix et bien d'autres choses encore dans la forêt, mais j'aurai quand même besoin de vêtements et de trucs comme ça.

Pourquoi abandonnes-tu ton ancienne vie pour moi?

— Je n'ai jamais été heureuse. Du moins pas depuis le départ de mes grands-parents pour l'Angleterre. J'étais heureuse à la ferme, avec toi.

Tu vas trouver, je pense, que ton bonheur était en toi. Quand tu t'es mise à me soigner, et que tu as cessé de penser d'abord à toi, tu as été plus heureuse. La connaissance de soi, c'est le premier pas pour atteindre le bonheur.

Cathy ne sut pas d'abord comment prendre ces propos. Ceux-ci semblaient très profonds de la part d'un cheval muni d'une corne sur la tête. «Mais non, se rappela-t-elle, Clair-de-Lune, c'est bien autre chose.»

— Que va-t-il t'arriver?

Un jour je m'accouplerai. J'aurai des enfants. Et un jour, je mourrai. C'est ce qui arrive à tous les êtres vivants.

— Si tu t'accouples, que seront tes enfants?

Des licornes. C'est ce que le docteur Feyerman appellerait une race dominante.

— Et tu peux t'accoupler avec n'importe quel cheval?

Pas n'importe lequel, corrigea Clair-de-Lune. *Il faut que ce soit une jument.*

Cathy hocha la tête, songeuse.

— Très drôle. Je ne te connaissais pas ce sens de l'humour, Clair-de-Lune.

C'est que tu ne sais pas détecter mes sourires.

— S'il y avait des chevaux sauvages en Irlande, tu pourrais mettre au monde une harde de licornes?

Oui, et j'aimerais bien le faire. C'est un peu triste d'être la seule créature magique en ce monde.

Cathy ouvrit son sac et en retira les sandwichs qui restaient.

— Damien m'a dit que ce Feyerman t'avait cloné d'une cellule de cheval préhistorique gelé. Dans un sens, tu es comme moi. Mon père est mort avant ma naissance, lui aussi. Et ma mère est morte également.

Ce n'est pas une bonne chose de grandir sans parents. Mais si on y est forcés, on peut devenir quelqu'un de beaucoup plus fort.

Se levant, Cathy tendit une pomme à la licorne qui la grignota dans sa main.

— Comment tout cela est-il arrivé, Clair-de-Lune? M'as-tu choisie ou serait-ce plutôt moi qui t'ai choisi?

Nous avions tous les deux besoin de quelqu'un. C'est ainsi que naissent les grandes amitiés.

○

Ils quittèrent la mare quelques heures plus tard. Cathy remarqua que les fougères et les roseaux paraissaient plus verts, plus vivaces. On pouvait maintenant parler d'un étang.

Tandis qu'ils traversaient la forêt côte à côte, Clair-de-Lune apprenait à Cathy à différencier les baies et les champignons comestibles des vénéneux. Il lui expliqua aussi comment préparer une bonne soupe d'orties et se nourrir des boutons de certaines fleurs sauvages.

124

Cathy s'émerveillait des connaissances de Clair-de-Lune, qui n'en finissait pas de lui prodiguer des conseils judicieux et de lui raconter des histoires. Ses récits sur le monde d'antan s'adaptaient parfaitement à celui d'aujourd'hui, même si Cathy soupçonnait Clair-de-Lune de les choisir délibérément.

— Clair-de-Lune, commença-t-elle, tu m'as déjà dit que tu avais une sorte de mémoire raciale, mais c'est plus que ça, n'est-ce pas? Te rappelles-tu ta vie passée?

Oui, mais je ne sais pas exactement quand cette vie a eu lieu. Cette nuit, je vais étudier les étoiles pour voir à quel point leur position a changé.

— Tu en es capable?

J'ai une bonne mémoire. Assieds-toi. Repose-toi un peu, et je vais te raconter mon histoire.

○

Tu dois te rappeler que lors de ma dernière vie, les pyramides d'Égypte n'avaient pas encore été construites, ni le légendaire New Grange en Irlande. Ce que je vais te raconter s'est passé plusieurs milliers d'années avant la naissance du Christ.

Il y avait beaucoup de guerres à cette époque. Nous, les licornes, nous ne nous battions pas, mais les humains, si, depuis toujours. Un roi nommé Hrolf menait des expéditions meurtrières, à la tête de son peuple, dans ce qui constitue aujourd'hui l'Europe. Il connaissait bien la magie, et savait semer de très loin la terreur chez ses ennemis.

Souvent, à l'arrivée de Hrolf au pays de ses ennemis, ceux-ci avaient déjà pris la fuite ou bien s'étaient suicidés de terreur.

Hrolf était un fou. Il tuait les faibles et les vieillards, et passait les nouveau-nés au fil de l'épée pour le seul plaisir de les regarder mourir. Il terrifiait ses guerriers, qui le craignaient s'ils lui désobéissaient. Quant aux citoyens de son pays, ils poussaient un soupir de soulagement quand ils le voyaient partir en guerre car, de cette façon, ils étaient pour un temps épargnés.

Mais Hrolf lui-même n'était pas sans peur. Il envoyait ses hommes abattre tout troupeau de licornes en vue, car il nous savait beaucoup plus puissantes que lui.

Au bout de quelques années, seule une petite bande de licornes survécurent. J'étais le plus jeune et j'étais arro-

gant. *Je me pensais capable d'arrêter Hrolf à moi tout seul.*

Quand les hommes de Hrolf ont retrouvé notre troupeau, je me suis battu furieusement, tuant beaucoup d'hommes. Et nous avons réussi à nous échapper. Mais les chefs du troupeau, tout en m'étant reconnaissants de leur avoir sauvé la vie, déclarèrent que se battre n'était pas la façon d'agir des licornes.

Je fus banni, mais j'étais encore assez jeune pour ne pas en être affecté. Je pensais pouvoir vivre sans les miens mais, au fil des ans, le réconfort de l'amitié vint à me manquer et je décidai de retourner vivre avec mes semblables. Au bout d'un an de recherche, je retrouvai enfin la piste du troupeau.

Or, l'ayant trouvé, je n'ai pu que pleurer, car il ne restait plus que des corps en décomposition. On leur avait coupé la tête car, même après la mort, la corne de la licorne est toujours capable d'exercer une grande magie.

C'est Hrolf et ses guerriers qui avaient été les auteurs de ce massacre, ce qui me remplit de colère. Hrolf avait mis fin à mon espèce. Je décidai de me venger.

Je me suis rendu au pays de Hrolf, voyageant seulement la nuit alors que mes pouvoirs sont les plus forts, et me cachant le jour.

Hrolf vivait dans la principale province de son pays, au centre d'une petite citadelle. Je n'avais aucun moyen d'y parvenir. Je décidai d'attendre.

J'ai surveillé la citadelle pendant des mois avant de voir partir un convoi d'hommes qui se préparaient à une nouvelle guerre. Fidèle à lui-même, Hrolf était à leur tête.

En ce premier jour, je suivis une trajectoire parallèle à la leur, mais lorsque tomba la froide nuit d'hiver, je m'approchai du camp.

Je tuai deux des gardes de Hrolf avant qu'ils aient pu alerter les autres de ma présence, puis je m'enfuis.

Le lendemain, Hrolf, furieux de la mort de ses gardes, ordonna une fouille générale, que je réussis à esquiver.

Je fis de même cette nuit-là et pendant nombre d'autres nuits également. Les hommes se mirent à avoir peur, pensant qu'un démon s'était insinué parmi eux. Mais Hrolf se moqua de leurs superstitions, et il leur interdit de retourner à la citadelle.

Bientôt, il ne resta plus que la moitié des hommes. Et avec la venue de l'hiver, il me fut encore plus facile de me protéger – ils ne pouvaient distinguer le blanc de ma robe sur la neige. Je me mis à attaquer les équipes d'éclaireurs, cinq ou six en même temps, parfois. Aucun d'entre eux ne put jamais m'échapper pour aller avertir les autres.

À un moment donné, il n'en resta plus que six, y compris Hrolf. Malgré les plaidoyers et les menaces de ses hommes qui se savaient perdus, malgré leurs prières et leurs supplications, Hrolf refusait toujours de rentrer à la citadelle. Même si je n'avais pas attaqué de nouveau, ils n'auraient plus menacé leurs ennemis.

Mais je suis monté à l'assaut. C'était par un matin ensoleillé du début du printemps. Je les ai surpris dans leur sommeil, ne laissant que Hrolf en vie.

Il n'avait toujours pas peur, et il tenta d'user de son pouvoir sur moi. Mais comme la destruction de mon peuple m'avait mis en colère, son pouvoir lui était inutile.

Je l'approchai alors, mettant fin pour toujours à son règne de terreur.

○

— Tu l'as tué! fit Cathy.

Elle n'en revenait pas que cette bête si douce ait été capable d'un tel massacre.

Non, je n'ai fait que le blesser. Je l'ai forcé à retourner à sa citadelle. Cela a pris des mois, et j'ai dû être constamment sur mes gardes, mais en fin de compte, nous sommes arrivés dans son pays.

Tout y avait été détruit. En l'absence de Hrolf et de ses guerriers, ses ennemis avaient attaqué et rasé la ville. Hrolf s'est alors rendu compte que je lui avais tout simplement rendu la pareille. Nous étions seuls. Nous avons passé le reste de l'année ensemble, non pas comme geôlier et prisonnier, mais comme deux êtres liés par leurs pertes mutuelles.

J'étais stupide. Je pensais que Hrolf avait appris l'humilité. Mais il n'attendait qu'une occasion. Une nuit, alors que je dormais, il attaqua un voyageur et lui ravit son épée. Puis il revint me taillader avec l'arme volée.

Je me suis défendu, mais mes blessures étaient profondes. Il m'a terrassé facilement mais, comme je lui avais transpercé la poitrine avec ma corne, je soupçonne qu'il est mort peu après.

Mon dernier souvenir, c'est celui de Hrolf m'entaillant le cou. J'étais la der-

nière licorne, et il voulait ma tête comme symbole de son triomphe.

Cathy frissonna. Elle avait été tellement captivée par le récit de Clair-de-Lune qu'elle n'avait pas remarqué la tombée de la nuit.

— Je m'attendais à ce que tu me fasses la morale à la fin de ton récit, dit-elle.

Il n'y a pas de morale, sauf celle que tu te fais à toi-même. Quelle leçon as-tu tirée de mon histoire?

Cathy réfléchit un moment avant de répondre.

— Je pourrais te dire que la vengeance n'est pas la meilleure conseillère ou que les gens devraient savoir résister à l'oppression, mais ce qui me frappe dans ton récit, c'est que même une licorne peut être méchante.

Et c'est ce que tu penses? Que j'ai été méchant?

— Tu as tué les hommes de Hrolf, qui pourtant n'étaient mus que par la peur. C'est très mal.

Mais vraiment méchant?

— Je voudrais bien pouvoir te dire que non, mais j'en suis incapable, tu avais eu tout le temps de réfléchir à ce qui s'était passé. Tu aurais pu te venger de Hrolf sans tuer ses hommes. C'est mal, et je suis désolée si tu m'en veux de penser ainsi, mais c'est comme ça.

Clair-de-Lune alla s'étendre aux côtés de Cathy. Il mit sa tête sur ses genoux et ferma les yeux.

Cathy, pour répondre à une question que tu m'as déjà posée... Tu m'as demandé qui de nous deux avait choisi l'autre. La réponse est simple: c'est moi qui t'ai choisie. Tu es la pureté incarnée: altruiste, noble, vertueuse, innocente. La légende nous enseigne que seuls les bons sont capables de parler avec les licornes, et dans un sens c'est vrai. Les licornes ne choisissent de s'entretenir qu'avec les bons. Elles ont la réputation d'être bonnes; c'est du moins ce qu'en pensent leurs compagnons, mais en fait, les licornes peuvent être bonnes ou mauvaises, tout comme les êtres humains.

— Clair-de-Lune, pourquoi me racontes-tu tout ça? demanda Cathy en flattant sa crinière.

Parce que, avant que tout ceci soit terminé, tu vas avoir besoin de chacune des parcelles de bonté qui t'habitent pour nous sauver tous les deux. L'avenir est sombre, je le sens. Il va y avoir une guerre, Cathy. Et nous devons nous tenir les coudes pour faire triompher les bons.

12

— **J**e veux un hélicoptère et des filets
lestés! ordonna Feyerman. Et des hommes
armés de fusils et de balles tranquillisantes.

— Tes désirs sont des ordres, dit
Brannigan en hochant la tête.

— Des lunettes d'approche à infrarouge
et des photos satellites récentes des montagnes de Wicklow.

— Les photos poseront peut-être un
problème, mais je vais faire de mon mieux.
Pour les lunettes d'approche, ça ira.

Dans le bureau de Brannigan, les deux
hommes étudiaient une carte topographi-
que détaillée, fournie par le Service carto-

graphique de Wicklow, essayant de deviner où pouvait bien s'être réfugiée la licorne.

— Je veux qu'on me la ramène à n'importe quel prix. Quelqu'un peut la découvrir, il faut agir vite. J'ai réussi à convaincre la police que ce n'était qu'un cheval ordinaire. Je leur ai dit que la petite avait bien pu lui fixer une corne au front dans un accès de folie.

Feyerman approuva d'un hochement de tête.

— Bien joué. Comme ça, ils vont perdre leur temps à enquêter dans les hôpitaux, également. Et la tante de la petite, dans tout ça?

— Je l'ai fait appeler par ma secrétaire qui a demandé à parler à Cathy. Elle pense que sa nièce passe la fin de semaine chez une amie. Elle l'attend demain, après l'école. Quand elle verra que la petite ne revient pas, ça risque de barder. Une fois qu'elle aura été portée disparue, la tante va donner sa photo à la police. Ils vont la distribuer dans tous les postes et les gars en bleu de Dunlavin vont la reconnaître.

— Ils vont découvrir qu'elle travaillait pour toi à Terres-Basses.

— Ça, on n'y peut rien. On leur dira qu'elle devait savoir qu'on avait amené Clair-de-Lune ici, et qu'elle s'était beaucoup attachée à lui depuis sa naissance.

Feyerman se frotta les yeux et réprima une envie de bâiller.

— Rien d'autre qui pourrait nous aider?

— Seulement que Cathy ne s'est jamais entendue avec sa tante. Dans ce genre de situation, une fugue n'a rien d'étonnant.

— Bon, d'accord. Quand peux-tu me procurer l'équipement?

— D'ici demain midi. Sauf peut-être les images satellites. J'ai un ami au bureau de météorologie qui va pouvoir me les refiler, mais il faudra un certain temps pour les développer.

— L'hélicoptère va suffire au début. Je vais d'abord effectuer quelques survols de reconnaissance au-dessus des montagnes. Ça les effraiera sûrement et, alors, deux scénarios sont possibles: ou bien ils bougeront, et on les attrapera, ou bien ils se terreront davantage, et nous les débusquerons à l'aide de chiens.

Brannigan regarda l'heure.

— Entendu. Maintenant va te reposer. Tu commences à l'aube.

○

Avant même d'être complètement réveillée, Cathy sut d'instinct qu'on était lundi. Elle bâilla, s'étira et se redressa sur son lit d'herbe tendre. Elle passa ses doigts dans ses cheveux, y délogeant une petite bête à bon Dieu qui avait cru pouvoir s'y nicher.

Clair-de-Lune n'était pas dans son champ de vision, mais elle ne s'en inquiétait pas, le sachant en sécurité. Elle ouvrit son sac et en déversa le contenu sur le sol. Il restait encore quelques sandwichs plutôt rances. Elle fut sur le point de les jeter, mais se ravisa. C'étaient les sandwichs au beurre d'arachide et à la banane qui, écrasés au fond de son sac, étaient devenus une pâte peu appétissante, mais elle décida de les manger quand même.

Après s'être assurée qu'il n'y avait personne alentour, elle enleva rapidement son jean et son *sweat-shirt*, et les remplaça par des vêtements propres, mais très froissés, qu'elle avait dans son sac. Elle se lava le visage et les mains avec de l'eau mise en bouteille à l'étang, et se sentit tout à coup en bien meilleure forme. «Y a rien de meilleur, pour se rafraîchir, que de changer de linge et se débarbouiller», se dit-elle.

Donc, c'était lundi. Ce soir, en ne la voyant pas rentrer, sa tante serait folle d'inquiétude.

Dans un moment de nostalgie, elle repensa au logement, au lit douillet qui l'y attendait, à la nourriture abondante...» Je devrais peut-être rentrer, réfléchit-elle. Clair-de-Lune saura se débrouiller tout seul, et je n'aurais qu'à prendre l'autobus...»

Mais toute idée de retour l'abandonna lorsqu'elle vit Clair-de-Lune galoper vers elle entre les arbres. Ses sabots soulevaient des nuages de poussière qu'irisaient les rayons du soleil filtrant à travers les branches.

Cathy ne put s'empêcher de sourire. Il paraissait si puissant, si noble. Cependant elle perçut chez lui un sentiment d'urgence et sut que quelque chose n'allait pas.

Cathy, il faut partir! Ils arrivent!

Elle ramassa ses affaires et les fourra dans son sac, puis elle courut vers Clair-de-Lune et grimpa sur son dos. Dès qu'elle fut bien d'aplomb, la licorne s'éloigna au galop.

— Qu'est-ce qui se passe, Clair-de-Lune? demanda Cathy en baissant vivement la tête pour éviter une branche.

Je les sens venir, Cathy. Ils volent! Feyerman est avec eux et il est au désespoir.

— Ils volent... oui, Brannigan a un hélicoptère, avec des pales rotatives au-dessus.

Ils arrivent de l'ouest.

— Mais ils ne nous trouveront jamais ici. Les arbres nous couvrent bien.

Ils ont un appareil capable de détecter des zones de chaleur à distance. Je le lis dans le cerveau de Feyerman.

Cathy entendit alors l'hélicoptère. De loin, d'abord, puis de beaucoup plus près.

Tiens-toi bien, Cathy. On arrive à l'orée de la forêt.

De la pénombre où ils étaient, ils s'élancèrent dans un champ verdoyant. De très haut, l'hélicoptère tourna dans leur direction.

Clair-de-Lune parcourut le champ, ventre à terre. Cathy s'agrippait à sa crinière, les genoux serrés au maximum.

L'hélicoptère plongea jusqu'à côté d'eux. Clair-de-Lune fit une brusque volte-face et s'éloigna à toute vitesse. Cathy faillit tomber mais la peur lui donna la force de tenir bon.

L'hélicoptère suivait leur allure, à dix mètres derrière. À travers le bruit des pales, ils entendirent quelqu'un hurler dans un porte-voix.

— Arrête-toi, Cathy! Ici le docteur Feyerman. Si tu ne le fais pas de ton propre gré, nous allons devoir t'y forcer!

— Continue, Clair-de-Lune!

Et comment! Ils ne nous attraperont pas! Cette machine-là ne peut marcher indéfiniment.

— Toi, tu peux?

S'il le faut, oui.

○

Dans l'hélicoptère, Feyerman se tourna vers deux hommes qui tenaient un filet d'acier lesté de plomb.

— Préparez-vous, dit-il. Quand nous serons au-dessus d'eux, laissez-le tomber.

Il tapota l'épaule du pilote en disant:

— Placez-vous au-dessus d'eux, puis descendez à quatre mètres du sol.

Le pilote hocha la tête et appuya sur les commandes.

○

L'ombre de l'hélicoptère survola Cathy et elle se courba instinctivement.

Puis elle sentit quelque chose de lourd s'abattre sur eux et les renverser.

Seule la chance l'empêcha de se casser le cou en tombant sur le sol. Elle avait été projetée en avant, mais le lourd filet l'avait empêchée d'aller trop loin. Elle tomba lourdement sur le dos, le souffle coupé.

Feyerman ordonna au pilote de se poser à côté de la licorne. Émerveillé par la vitesse de la bête, il estima qu'elle avait dû se déplacer à plus de cent kilomètres à l'heure.

Dès que les pales de l'hélicoptère tournèrent au ralenti, le savant descendit de la cabine et s'avança vers Clair-de-Lune et Cathy.

— Tu as pris de gros risques, ma petite, dit-il à l'adolescente, en poussant un long soupir. Tu aurais pu te faire tuer.

Cathy n'avait pas encore retrouvé son souffle, mais elle réussit quand même à le foudroyer du regard.

Feyerman examina alors Clair-de-Lune avec attention.

— Comme nous nous retrouvons, mon ami. Rien de cassé, j'espère. On aura tôt fait de te ramener à l'écurie.

Du bout du pied, il donnait de petits coups à Clair-de-Lune.

— Tu ne pensais tout de même pas courir plus vite qu'un hélicoptère!

Cathy se rendit compte que c'est à elle que Feyerman s'adressait, et non à Clair-de-Lune. «Bien entendu, se dit-elle, puisque Clair-de-Lune n'a jamais communiqué avec lui. Il ne lui attribue pas plus d'intelligence qu'à un cheval ordinaire.»

— Que va-t-il advenir de moi? demanda-t-elle.

— On va te renvoyer chez toi, Cathy.

— Je dirai à tout le monde que Clair-de-Lune est une licorne. J'imagine que vous n'aimerez pas trop ça?

Il eut un sourire pervers:

— Tu n'es pas en situation de force, dit-il, mais dans un fichu pétrin, par contre! Fugue, pénétration par effraction, enlèvement d'un précieux animal d'expérimentation. Pour ma part, je n'ai rien fait d'illégal.

Cathy tenta de se relever, mais se rendit compte qu'elle était empêtrée dans les mailles du filet et qu'elle pouvait à peine bouger.

— Un précieux animal d'expérimentation! C'est tout ce que Clair-de-Lune représente pour vous?

Il parut interloqué:

— Bien sûr que non! Il vaut beaucoup, beaucoup plus que cela!

Un sourire sardonique remplaça alors son air abasourdi.

— Clair-de-Lune vaut beaucoup d'argent, Cathy! Beaucoup plus que tu ne pourrais l'imaginer.

○

Retournant à l'hélicoptère, le scientifique ordonna au pilote de commander un camion et un van par radio, puis de rentrer à sa base.

Le pilote allongea le cou afin de voir au-delà de Feyerman.

— Cette bête... Est-ce que c'est ce que je crois?

— Ça dépend. Qu'est-ce que vous croyez que c'est?

— Une licorne. C'en est une vraie?

Feyerman rit, d'un rire qui sous-entendait qu'il valait mieux ne pas poser de telles questions.

— C'est une vraie bête, en effet, mais ce n'est qu'un cheval ordinaire. La petite est un peu, mettons, déséquilibrée. Elle s'était imaginée que Clair-de-Lune était vraiment une licorne. Sa corne est faite de papier mâché et elle a vaporisé de la peinture dorée sur sa queue et sa crinière. C'est réellement très triste, émit-il en soupirant. Ce n'est pas la première fois qu'elle tente quelque chose de ce genre.

Le pilote hocha la tête en signe d'acquiescement.

— Ça me paraît tout de même un peu fort, dit-il, de se servir d'un hélicoptère et d'un filet lesté pour attraper une fugueuse.

Feyerman lui lança un regard furieux.

— Un peu fort, dites-vous? Combien Brannigan vous paie-t-il?

L'expression du pilote changea aussitôt, car il comprit que, s'il jouait bien ses cartes et se taisait, le savant lui offrirait peut-être une augmentation de salaire.

— Quatre cents par semaine, docteur, mentit-il.

En réalité, il n'en recevait que trois cents, mais l'augmentation serait d'autant plus intéressante s'il partait de plus haut.

— Quatre cents par semaine? Eh bien, que diriez-vous si je demandais à Brannigan de couper votre salaire de moitié? Ou aimeriez-vous mieux oublier tout ce que vous avez vu ici, aujourd'hui?

Le pilote avala sa salive.

— Oublier quoi? demanda-t-il.

— À la bonne heure. Vous pigez vite. Maintenant faites ce que je vous ai dit. (Il se tourna vers les deux autres occupants de l'hélicoptère.) Cela s'adresse à vous, également.

Ces derniers se regardèrent en maugréant, mais ils avaient chacun une famille à faire vivre et décidèrent sagement d'oublier la licorne.

○

Non sans peine, Cathy se tourna sur le côté et observa la licorne.

— Ça va, Clair-de-Lune?

J'ai quelques ecchymoses, mais en dehors de ça, je vais bien. Et toi?

— Ça va. Mais ne m'avais-tu pas dit qu'ils ne nous rattraperaient pas?

Je me suis trompé. J'ignorais la présence du filet.

— Que vont-ils nous faire?

Rien. On va se sauver.

— Souhaitons que tu ne te trompes pas, cette fois-ci! Peux-tu bouger?

Non, j'ai les jambes emmêlées dans le filet.

— Et si je ...

Clair-de-Lune l'interrompit:

Plus un mot! Voici le savant. Il ne doit pas se rendre compte que tu peux communiquer avec moi!

Cathy se retourna et aperçut Feyerman qui s'approchait. Elle faillit suffoquer. Il tenait un fusil à la main.

13

— **C**eci, dit le savant en tapotant le fusil, m'assurera que Clair-de-Lune n'essaiera pas de s'enfuir à nouveau.

— Qu'est-ce qui va lui arriver? demanda Cathy.

— Je vais le ramener au laboratoire et poursuivre mes expériences.

— Pourquoi faire? demanda Cathy. Clair-de-Lune n'est qu'un cheval muni d'une corne dorée. C'est tout ce que sont les licornes.

Feyerman haussa un sourcil incrédule.

— Ah oui? Alors pourquoi t'es-tu donné tant de mal pour le libérer?

Cathy resta silencieuse.

— En fait, ce que je voudrais vraiment arriver à savoir, c'est comment tu as découvert où il était. Personne ne savait à Terres-Basses que nous l'avions transféré à Furlongs, pas même cet impossible Damien O'Flynn.

— Je l'ai deviné, répondit Cathy. Ça me paraissait l'endroit évident.

— Vraiment? Je n'arrive pas à vous croire, mademoiselle Donnelly. (Il tapota de nouveau le fusil.) Allons, éclaire ma lanterne. Je soupçonne que tu en sais beaucoup plus sur cette bête que tu ne le laisses croire.

— Tuez-moi donc! Comme ça vous ne saurez jamais.

Elle entendit alors la voix de Clair-de-Lune résonner dans sa tête:

Cathy, il nous faut gagner du temps. Questionne-le sur ses projets.

— Quelles sortes d'expériences lui faisiez-vous subir? J'ai vu des tas de tubes et autres trucs à l'écurie, mais je n'ai pas compris à quoi ils servaient.

Feyerman s'assit sur l'herbe à côté de Cathy. S'il n'y avait pas eu le filet d'acier, elle se serait jetée sur lui pour le griffer.

Derrière eux, le moteur de l'hélicoptère s'était mis à vrombir et son hélice à tourner plus vite.

— Ils vont nous envoyer un camion et un van, Cathy. Nous rentrons chez nous. Mais pour répondre à ta question, je dois te dire que j'observais le taux de croissance fabuleux de Clair-de-Lune. Te rends-tu compte qu'il a atteint sa maturité en moins de cinq mois? Tous les jours, j'ai pris une photo de lui dans la même position, et sous le même angle. Rassemblées, elle forment un montage fascinant où on le voit grandir.

— Une autre question. Pourquoi n'avez-vous reproduit qu'une seule licorne? Vous auriez pu en faire des centaines...

— Qui dit que je ne l'ai pas fait? Ne t'inquiète pas. Il y en a bien d'autres de là où vient Clair-de-Lune.

Il ment, Cathy. S'il y en avait d'autres, je les sentirais.

Cathy sourit ironiquement.

— Alors, si vous en avez fait d'autres, où sont-elles? Pourquoi vous donner tant de mal pour ramener Clair-de-Lune?

— Touché! Jusqu'à maintenant, Clair-de-Lune est la seule licorne.

— Mais pourquoi faites-vous tout cela?

— En partie par curiosité, admit Feyerman en haussant les épaules. En partie aussi pour la célébrité que cela m'apportera sûrement. Mais surtout pour l'argent.

Le visage de Cathy se rembrunit.

— L'argent, l'argent, l'argent! Vous et Brannigan, vous ne pensez qu'à ça! Vous devez pourtant en avoir suffisamment pour vivre à l'abri du besoin pour le restant de vos jours! Pourquoi en vouloir encore plus?

— On ne peut jamais avoir assez d'argent, Cathy. Tu apprendras cela en vieillissant.

— Jamais! Je ne penserai jamais comme ça!

Derrière eux, l'hélicoptère prit son envol et disparut au-dessus des montagnes.

Feyerman le regarda partir, puis il se tourna vers Cathy.

— Mes parents étaient suffisamment aisés, je ne vais pas prétendre le contraire. Je pourrais facilement te mentir et dire que n'ayant rien eu étant enfant, je désire accumuler le plus de biens possible maintenant. Mais ce serait faux. Je suis allé à l'université, j'ai étudié la médecine pendant deux ans, mais ce qui m'intéressait vraiment, c'était la génétique. Savais-tu que la présence de l'ADN n'a été découverte qu'en 1952?

Cathy secoua la tête en se demandant où il voulait en venir.

— Imagine, en 1952! Dire que, depuis des millions d'années, les savants essayaient de comprendre le mécanisme humain. L'ADN, c'est... Tu sais ce que c'est, non?

— Plus ou moins. C'est comme un motif qui peut se reproduire exactement et qui définit notre mode de croissance.

— Très bien, approuva Feyerman. Chaque cellule de ton corps contient une copie de ton ADN – acide désoxyribonucléique – et l'ADN de chaque personne est unique. Il y a une dizaine d'années environ, on s'est dit que si l'on parvenait à analyser et à décoder complètement l'ADN, cela fournirait une méthode d'identification supérieure à celle des empreintes digitales. Eh bien, aujourd'hui, c'est possible. Si, par exemple, la police voulait établir que c'est bien toi qui es entrée par effraction dans l'écurie de Brannigan, ils fouilleraient l'écurie jusqu'à ce qu'ils trouvent des échantillons de peau ou de cheveux, et ils les compareraient aux tiens.

— Je suppose qu'un jour ils auront l'ADN de chaque être humain sur ordinateur, dit Cathy en hochant la tête, ce qui permettra d'identifier l'auteur de n'importe quel crime, simplement par l'analyse de l'ADN?

— Excellent de nouveau, mademoiselle Donnelly. Vous êtes intelligente. Dès la naissance, on pourrait faire un prélèvement sanguin d'un individu et joindre la structure de son ADN à son dossier.

*Continue de le faire parler, Cathy.
Plus nous aurons de temps pour réfléchir
à une solution, mieux ça sera.*

— Et si... (Cathy faisait semblant d'essayer de chercher le mot juste, alors qu'en
réalité elle essayait de trouver une question
intelligente à poser.) Et si vous aviez tout ça,
et que vous compariez l'ADN de tous les
êtres du monde et que tous les ADN avaient
la même structure, cela voudrait-il dire que
tout le monde serait identique?

— Hum..., bonne question. Non, pas
nécessairement. Tu vois, l'ADN instruit notre corps sur sa façon de se développer,
mais cela ne veut pas dire que notre corps
croîtra nécessairement ainsi. D'autres fac-
teurs peuvent entrer en ligne de compte.

— Comme quoi?

— Une maladie ou un accident

— Mais en examinant l'ADN d'un bébé,
peut-on déduire quelle sera sa taille, s'il sera
gros ou maigre, blond ou brun, ce genre de
choses?

— Avec un taux de probabilité très
élevé, oui.

— Mais peut-on modifier l'ADN de quelqu'un, comme vous l'avez fait pour Clair-de-
Lune?

— Oui, admit le savant. Une fois que
l'on aura complètement maîtrisé les notions

150

de la génétique, tout ce qu'il y aura à faire sera de reprogrammer l'ADN.

— Et vous pourriez ainsi faire ce que vous voulez des gens? Vous pourriez faire des athlètes qui courent plus vite que n'importe qui ou créer tout un tas de gens très forts?

— Exactement. Les possibilités sont illimitées. On pourrait par exemple – dans l'avenir, bien sûr —, créer des gens possédant une intelligence supérieure et un corps très puissant, qui pourraient s'adapter aux conditions dangereuses existant sur une autre planète.

— La science a réponse à tout, n'est-ce pas?

Feyerman regarda Clair-de-Lune en secouant la tête.

— Non, pas à tout.

○

Moins d'une heure plus tard, ils aperçurent une Land Rover qui se dirigeait vers eux à travers champ. Elle remorquait un van. Feyerman se leva et s'étira.

— Nous avons eu toute une conversation, Cathy, dit-il. Tu devrais peut-être toi-même envisager une carrière dans le domaine de la génétique. Tu en comprends très bien les concepts.

— Je vous en prie, ne faites pas de mal à Clair-de-Lune! implora-t-elle.

— Il arrive parfois qu'au nom de la science les innocents doivent souffrir.

— Mais ce n'est pas juste!

— Non, ce n'est pas juste. Mais c'est la vie.

14

Au beau milieu du champ, la Land
Rover s'immobilisa, ses roues arrière pati-
naient dans la boue en soulevant d'énormes
mottes de boue.

Marmonnant de dépit, Feyerman marcha à sa rencontre.

— Qu'est-ce qui ne va pas, monsieur
O'Flynn?

Damien baissa la vitre et sortit la tête:

— Je suis enlisé. Désolé. Le champ
n'avait pas l'air aussi boueux.

— Mettez les quatre roues motrices, suggéra Feyerman. Ça devrait vous donner assez de puissance.

Damien s'exécuta, appuyant de toutes ses forces sur la pédale d'accélération. Avec le résultat que le véhicule s'embourba davantage.

— Sortez, ordonna Feyerman. Je vais le faire moi-même.

Damien descendit de voiture et tint la portière ouverte pour le savant. Son regard tomba sur Cathy et Clair-de-Lune, toujours pris dans le filet.

Feyerman ne réussit pas davantage que Damien.

— Si on essayait le cheval? Il devrait pouvoir nous sortir de là. Je vais détacher le van. Son poids nous nuit.

— D'accord, fit le savant, en descendant du siège du conducteur. Venez, j'ai une ou deux choses à vous expliquer concernant Clair-de-Lune.

○

Damien n'en croyait pas ses yeux.

— La dernière fois que j'ai vu Clair-de-Lune, il était tout petit. Et maintenant... La corne, la crinière! C'est incroyable!

— Pas incroyable, monsieur O'Flynn. C'est la science.

— Je suis heureux de te revoir, Cathy. Mais je ne pensais jamais que ce serait dans de telles conditions. Ça va?

— Oui, ça va. Mais sûrement pas à cause de ...

— Ça suffit, fit Feyerman, en l'interrompant. O'Flynn, allez chercher le harnais dans l'auto. Il va falloir s'assurer que Clair-de-Lune ne reprenne pas la clé des champs.

Pendant que Damien s'éloignait, Feyerman se débattit avec le filet et réussit à libérer Cathy.

— Je te conseillerais de rester là, Cathy. Tu ne pourrais jamais courir plus vite que la Land Rover.

Cathy ne répondit pas. En fait, elle ne l'avait pas entendu: elle communiquait en ce moment avec Clair-de-Lune. «C'est toi qui as fait ça, n'est-ce pas? Tu as fait s'enliser la Land Rover. Quand on est passés dans cette partie du champ, il n'y avait pas de boue.»

Tu as raison, c'est bien moi qui l'ai fait. Mais à eux de s'arranger maintenant.

Damien revint avec le harnais qu'il tendit à Feyerman.

— Ne me le donnez pas à moi, idiot! Je vais sortir la tête de Clair-de-Lune, et vous allez le lui mettre.

— Pourquoi moi?

— Parce qu'il pourrait être assez vicieux pour mordre et que sa corne a l'air pointue.

— Merci quand même, marmonna Damien.

Clair-de-Lune n'offrit aucune résistance lorsqu'on lui mit le harnais. Damien le retint tandis que le savant le libérait du filet.

Une fois que Clair-de-Lune se fut levé, Damien le ramena à la Land Rover, le savant s'occupant de Cathy.

Damien attacha une lourde corde de nylon bleu autour de la licorne, enroula l'autre bout sur l'avant du châssis de la Land Rover, et détacha le van.

Il monta sur le siège du conducteur et fit gronder le moteur.

Clair-de-Lune savait ce qu'on attendait de lui. Il avança, lentement d'abord, jusqu'à ce que la corde soit bien tendue. Puis il se mit à forcer, les muscles du dos et des jambes saillant sous sa robe habituellement lisse.

Centimètre par centimètre, la Land Rover se mit à avancer.

«Clair-de-Lune, pensait Cathy, facilite-toi les choses. Durcis à nouveau le sol!»

Je ne peux pas. Ils s'en apercevraient.

Bientôt la Land Rover fut désembourbée. Damien détacha Clair-de-Lune et le mena au van. Celui-ci était beaucoup plus léger que la Land Rover, mais comme il lui manquait un moteur, Clair-de-Lune dut fournir à lui seul tout l'effort nécessaire pour le sortir de là.

Damien rattacha le van à la Land Rover, et tenta d'y faire entrer Clair-de-Lune. La licorne refusa, sans violence toutefois.

— Pour l'amour du ciel! hurla Feyerman, qui lâcha Cathy pour aller prêter main forte à Damien.

Cours, maintenant, Cathy! Mais laisse-les te rattraper!

Cathy hésita un bref instant puis, se retournant, prit ses jambes à son cou. Voyant cela, Feyerman ordonna à Damien de se lancer à sa poursuite.

Elle n'eut pas besoin de se laisser rattraper par Damien – encore trop affaiblie par sa chute, elle ne pouvait pas courir très vite. Damien la saisit par le bras et la ramena vers le véhicule.

— Désolé de devoir agir ainsi, lui chuchota-t-il. Je suis obligé de faire ce qu'il me dit.

Il ouvrit la porte et la poussa à l'intérieur.

— Bouge pas de là! grommela-t-il.

Mais en même temps, il lui fit un clin d'œil et pointa du doigt les clefs qui étaient restées dans le contact.

— Bonne chance! chuchota-t-il.

Puis il alla rejoindre le savant. Cette fois, Clair-de-Lune ne résista que pour la forme. Damien et Feyerman repoussèrent la rampe d'accès du van et mirent les verrous.

— Parfait, dit Feyerman. Maintenant, on rentre.

C'est alors que le moteur de la Land Rover vrombit soudain. Avec un à-coup, le véhicule se mit à avancer, lentement d'abord, puis de plus en plus vite.

Fou de rage, Feyerman s'élança dans son sillage, courant le plus vite possible. Damien lui emboîta le pas en riant sous cape.

— Souviens-toi, Cathy, dit-il tout bas, il faut relâcher la pédale d'embrayage *lentement*!

○

Cathy était ballottée sur le siège du conducteur, essayant désespérément de se rappeler les notions de conduite que Damien lui avait apprises. Elle allait à plus de trente kilomètres à l'heure, en se demandant pourquoi le moteur gémissait si bruyamment, quand elle se rendit compte qu'elle devait passer en seconde.

— Clair-de-Lune! Ça va, là, derrière?

T'inquiète pas pour moi. Fais seulement attention à ne rien heurter.

— Écoute, badina-t-elle, est-ce que je ne t'ai pas fait confiance quand nous galopions en forêt?

Oui, mais moi j'étais qualifié...

— Où irons-nous?

On ne peut pas aller trop loin. Ils vont sûrement se mettre à la recherche du véhicule.

— Je sais. Mais je vais le laisser à un endroit où il pourra se faire voler.

Entendu mais d'abord, remontons sur la route.

— Nous y sommes depuis cinq bonnes minutes!

Mes excuses. À cause de la façon dont la voiture brimbale je pensais qu'on n'en finissait pas de franchir des fossés!

La Land Rover filait à toute allure le long de la route à quatre voies.

— Les autres conducteurs n'arrêtent pas de me regarder de travers, se plaignit Cathy.

Es-tu sûre de conduire du bon côté de la route.

— Justement pas.

Tu n'y es pas?

— Je suis à gauche.

*Ne fais pas ça! C'est vraiment éner-
vant, tu sais. Je ne vois pas ce que tu fais.*

— Ça vaut mieux pour toi, crois-moi.

Elle s'arrêta de parler.

— Voilà un panneau de signalisation,
reprit-elle. Il semble que nous allions vers
Carlow.

Vers qui?

— Vers Carlow, c'est un endroit. Je
pense que nous devrions prendre la direction sud, mais comment faire?

*Arrête-toi au premier endroit abrité.
Tu monteras sur mon dos pour le reste du
parcours.*

Ils s'arrêtèrent environ cinq minutes sur
une route secondaire. Cathy eut du mal à
défaire les verrous de la rampe, mais y parvint finalement. Clair-de-Lune sortit en titubant, oscillant légèrement d'un côté à
l'autre.

*Je ne voudrais pas critiquer ta façon
de conduire, Cathy, mais je pense qu'il
eût mieux valu que tu sois dans la remorque et moi au volant..*

— Très drôle, Clair-de-Lune, dit-elle en
lui faisant une petite grimace. Qu'est-ce
qu'on fait maintenant?

*Il faut déguerpir au plus vite. Y a-t-il
quelque chose qui pourrait nous être utile
dans le véhicule?*

160

— Une carte du pays, mais c'est tout.

C'est bon. Il y a une selle dans la remorque. Tu y serais plus à l'aise.

— Je vais allumer les clignotants d'urgence. C'est ce que font toujours les chauffeurs pour signaler une voiture en panne ou pour stationner dans un endroit interdit.

Cathy s'exécuta, tout en remarquant que Clair-de-Lune se tenait loin de la Land Rover tandis qu'elle jouait avec les diverses manettes. Après avoir mis la radio et actionné les essuie-glaces, elle trouva enfin les clignotants d'urgence.

Ensuite, non sans difficulté, elle souleva la selle et la plaça sur le dos de Clair-de-Lune.

Ça me paraît bien bizarre comme ça.

Cathy la retira et la remit dans l'autre sens.

Voilà qui est mieux!.

Cathy boucla la sous-ventrière comme elle put et se mit en selle. Elle admit volontiers que c'était beaucoup plus confortable que de monter à cru.

Clair-de-Lune partit au petit trot. Cathy sentit avec bonheur l'air lui caresser le visage et les cheveux.

Ils étaient libres à nouveau.

15

Il faisait froid cette nuit-là dans les bois. Mais ce n'est pas ce qui ennuyait le plus Cathy. Elle mourait de faim! Le matin, elle avait engouffré le reste des sandwichs et des pommes, en espérant trouver quelque chose à se mettre sous la dent en cours de route. Mais sa décision bien réfléchie d'éviter les grandes villes les avait tenus éloignés de tout lieu susceptible de vendre de la nourriture.

On pourrait essayer de trouver de quoi s'alimenter maintenant, annonça Clair-de-Lune.

— Il est trop tard. La plupart des commerces ferment à six heures. Ils ne restent ouverts que dans les grandes villes. Ne pourrais-tu exercer ta magie pour nous faire à manger?

Ça ne marche pas comme ça. Désolé.

— D'accord, dit Cathy. Je peux attendre à demain matin.

Non, tu dois manger. Viens, dit Clair-de-Lune en s'éloignant dans les bois.

— Où est-ce que tu m'amènes?

Chut! Il ne faut pas leur faire peur.

— Faire peur à qui?

Aux lapins. Il y en a tout près d'ici, dans un des champs. Je les sens.

— Des lapins? Je ne pourrais jamais tuer et manger un gentil petit lapin! s'écria Cathy. D'ailleurs, il me faudrait faire un feu pour le cuire.

Clair-de-Lune se tourna vers Cathy et lui lança un regard incrédule.

Ce n'est pas ce que je suggérais, Cathy! Réfléchis.

Perplexe, Cathy plissa le front.

— On ne peut pas penser l'estomac vide, Clair-de-Lune. Pour toi ça va, tu manges de l'herbe.

Les lapins sont des bêtes nocturnes. Par conséquent, ils mangent la nuit. En les suivant, on va découvrir où ils se nourrissent. Il y a une ferme près d'ici. Il s'y trouve peut-être des carottes et de la laitue.

— Pas question d'envisager une pizza, alors?

Qu'est-ce qu'une pizza?

— Ah! s'exclama Cathy en souriant malicieusement. Enfin quelque chose que tu ne connais pas! Une pizza, c'est une espèce de pain en forme de tarte, rond, grand et plat. Dessus, il y a du fromage et des tomates, auxquels on ajoute ce qu'on veut.

Imagine que tu vas avoir une pizza sans pain, fromage ni tomates, mais avec des carottes et de la laitue.

— Maintenant, j'ai vraiment faim!

Dommage que les humains n'aient jamais appris à manger de l'herbe. Imagine l'effet que ça aurait sur la société. Il y a des animaux qui ne mangent que de l'herbe. Pas besoin de café le matin ni de sandwichs à midi. Et ils se passent certainement très bien de chocolat et de crème glacée.

— Ça me paraît terriblement ennuyeux, en tout cas, de ne manger que de l'herbe!

Et ça l'est, mais eux ne s'en rendent pas compte. La vie serait beaucoup plus simple sans boissons en canettes, pommes frites, pizzas, gâteau de Noël et...

— Je t'en supplie, ne me parle plus de nourriture! C'est de la torture!

Désolé. (Clair-de-Lune s'interrompit.) *Ils sont tout près.*

Cathy sortit sa lampe de poche.

— La lumière va-t-elle les effrayer?

Probablement. Mais je vais tenter de les tranquilliser.

Cathy alluma sa lampe de poche et la pointa sur le champ devant elle. Dans le faisceau de lumière apparurent des douzaines de petits lapins bruns qui gambadaient un peu partout. Ils ne remarquèrent la présence ni de Cathy ni de Clair-de-Lune.

— Ils sont magnifiques!

Je doute que les fermiers des alentours soient de ton avis!

— Regarde, un bébé! Oh qu'il est mignon, avec sa petite queue!

En effet. Regarde, ils commencent à bouger. Suivons-les.

○

Une heure plus tard, ils retournaient dans les bois, chargés de carottes et de laitues fraîchement cueillies, laissant derrière eux des traces de lapins très inhabituelles qui ne manqueraient pas d'inquiéter le fermier.

Avant de les manger, Cathy les examina attentivement au cas où des limaces ou des insectes s'y seraient cachés, et les lava ensuite avec l'eau qui restait dans la bouteille.

Puis Clair-de-Lune se coucha pour dormir et Cathy s'étendit à ses côtés. Durant la nuit, quelques lapins curieux s'aventurèrent dans les bois. Ils comprirent que Clair-de-Lune était une bête puissante qui inspirait confiance et sécurité. Ils se rassemblèrent autour de lui. L'un d'entre eux vint même se pelotonner contre Cathy.

○

La panique s'était emparée de Margaret. Lorsqu'elle avait constaté que Cathy ne rentrait pas de l'école, elle avait conclu d'abord à un simple retard. Mais à huit heures, elle avait été suffisamment inquiète pour appeler la directrice de l'école chez elle.

— Madame Spencer? Ici Margaret O'Toole, la tante de Cathy Donnelly.

— Oui, madame O'Toole. Cathy va-t-elle mieux?

— Comment? Que voulez-vous dire?

— Cathy n'est pas venue à l'école, aujourd'hui. J'en ai déduit qu'elle était peut-être malade.

— Mon Dieu, non! dit Margaret en se mordant la lèvre. Elle ne s'est pas présentée du tout?

— Non. Êtes-vous en train de me dire qu'elle est disparue?

— Ça m'en a tout l'air. Elle est partie vendredi soir pour aller passer le week-end chez Julie. Elle devait se rendre à l'école directement de là aujourd'hui.

— Avez-vous tenté de contacter Julie?

Margaret eut soudain froid dans le dos.

— C'est que je ne sais pas où elle habite, admit-elle. Je ne connais même pas son nom de famille!

— Incroyable. Avez-vous demandé à Cathy qui était cette Julie?

— À vrai dire, non. Je pensais que c'était une de ses compagnes de classe. C'est pourquoi je vous ai appelée. Pour vous demander son numéro de téléphone.

— Madame O'Toole, il n'y a pas de Julie dans la classe de Cathy. N'avez-vous pas la moindre idée de l'endroit où elle a pu aller?

Sentant son cœur défaillir, Margaret prit soudain pleine conscience de ce que tout cela pouvait signifier.

— Non, dit-elle. Elle n'a pas vraiment d'amis à Dublin.

La directrice inspira profondément avant de rétorquer.

— Et sachant cela, vous l'avez crue, lorsqu'elle vous a dit qu'elle allait passer le week-end chez quelqu'un? Bon. Prévenez la police que Cathy a disparu depuis vendredi soir. Donnez son signalement. Les policiers vont vouloir savoir ce qu'elle portait, combien elle avait d'argent sur elle, ce qu'elle a pu emporter, etc. Rappelez-moi si vous avez des nouvelles.

Margaret remercia la directrice et raccrocha.

Elle fixa l'appareil durant cinq bonnes minutes. «Je devrais peut-être lui donner encore une demi-heure. Si elle n'est toujours pas arrivée, je les appellerai alors. Ou peut-être Stephen. Lui pourra m'aider.»

Mais Margaret commençait à se rendre compte de ce que bien des gens découvrent beaucoup plus tôt dans leur vie: les problèmes de ce genre ne disparaissent pas comme par enchantement. Tôt ou tard, il faut y faire face. Et le plus tôt sera le mieux, car ils ont tendance à s'aggraver avec le temps.

○

Roger Brannigan et le docteur Émile Feyerman en arrivaient tous deux à la même conclusion. Feyerman avait fait de son mieux pour rendre Damien O'Flynn responsable de l'évasion de Cathy et de Clair-de-Lune, mais Brannigan n'allait pas le laisser s'en tirer aussi facilement.

— C'est toi qui assumais la bonne marche de l'opération! rugit-il. Par ton incompétence, tu leur as permis de s'évader!

— On va les retrouver. Ils ne peuvent être allés bien loin.

— La Land Rover a été retrouvée à deux heures cet après-midi. Il est maintenant minuit. Nous savons que Clair-de-Lune peut courir aisément à soixante-dix kilomètres à l'heure – on a fait suffisamment de tests pour le savoir. Et il ne se fatigue jamais! Cela signifie que nos recherches doivent couvrir un territoire de sept cents kilomètres – c'est-à-dire, au cas où cela aurait échappé à ta petite cervelle, le pays tout entier.

— Tôt ou tard quelqu'un l'apercevra sûrement. Ce n'est qu'une question de temps.

— Feyerman, la tante de Cathy aura d'ores et déjà appelé la police à l'heure qu'il est. Demain matin, à la première heure, tous les services de police du pays auront sa photo. Les policiers de Dunlavin la reconnaîtront. Qui plus est, ils découvriront qu'elle travaillait pour nous. Ils ne mettront pas longtemps à en déduire que c'est elle qui a enlevé Clair-de-Lune. Cela soulèvera des questions plutôt embarrassantes.

Le savant tapotait nerveusement le bureau.

— Décroche, tu veux bien? Je fais moi-même l'impossible pour les retrouver. Je n'ai nullement besoin de tes conseils d'amateur. À propos d'amateurs, le pilote de l'hélicoptère ou ses hommes ont-ils parlé de la licorne?

— Non, pas un mot. Mais ils avaient l'air d'assez mauvais poil en revenant, je dois dire.

Feyerman hocha la tête.

— À la bonne heure, dit-il. Ils ont vu Clair-de-Lune d'assez près, mais je les ai menacés d'une coupure de salaire s'ils en parlaient à quiconque.

Brannigan ferma les yeux en jurant.

— Autre erreur, dit-il. Tu aurais dû, au contraire, leur promettre un bonus s'ils se tenaient tranquilles. Me voilà avec des employés mécontents sur les bras, par-dessus le marché. Il ne manquerait plus, maintenant, que l'un d'entre eux vende l'histoire à la presse... Je suppose que tu n'as pas prélevé les échantillons de sang et de tissus?

— Non, je voulais le faire en laboratoire.

— Tu as eu la licorne à ta disposition pendant deux heures, et tu n'as pas fait les prélèvements? Te rends-tu compte que nous n'en aurons peut-être plus jamais l'occasion?

— Je sais cela.

Brannigan montra la porte du doigt.

— Sors d'ici, Feyerman! Et procure-moi une méthode à toute épreuve pour les rattraper avant six heures ce matin. Si tu te goures encore une fois, c'en est fini de toi.

Le savant ne répondit pas. Il fit demi-tour et quitta la pièce en claquant la porte derrière lui. «C'est toi le prochain, se dit-il. Dès que j'aurai capturé la licorne, ce sera ton tour.»

○

Le dresseur de chiens n'apprécia guère d'être forcé à sortir si tôt le matin. Mais l'argent que lui avait promis Feyerman suffisait à lui faire oublier le sommeil perdu.

C'était un homme de cinquante ans, haut de taille et bien bâti. Il avait un visage rubicond, et ses mains et ses avant-bras étaient couverts d'égratignures et de croûtes, que Feyerman attribua à la férocité des chiens qui faisaient son orgueil.

— Vous comprenez, monsieur Cullen, que cette... opération... doit demeurer strictement entre nous?

172

Le colosse hocha la tête.

— Ouais, dit-il, je fais beaucoup d'opérations clandestines.

Il ricana, montrant une bouche passablement édentée.

Feyerman regarda le dresseur dans le blanc des yeux.

— Il va sans dire que si ceci devait se savoir, nous nierions tout.

— J'ai l'habitude, répliqua Cullen avec un haussement d'épaules. Dites-moi juste qui vous voulez que j'attrape.

— Pas qui, mais quoi. Un des plus beaux spécimens de l'écurie de M. Brannigan vient de se faire enlever. À dire vrai, ce qui nous inquiète, ce n'est pas le cheval lui-même – il vieillit et n'est plus d'une très grande valeur. C'est plutôt qu'il n'est pas hongré* et M. Brannigan ne voudrait pas qu'un de ses concurrents ait accès à son cheptel reproducteur.

Le dresseur hocha la tête en signe de compréhension.

— Un cheval? D'accord. Je ne leur ai jamais consacré beaucoup de temps, aux chevaux. Trop prétentieux à mon goût. Le chien est le meilleur ami de l'homme.

— Alors, vous pensez pouvoir nous aider?

_____

* Hongré: châtré

— Ouais. J'ai tout ce qu'il vous faut en fait de chiens. Des limiers qui vous suivront n'importe quelle piste, des lévriers capables de rattraper le cheval le plus rapide. Et puis, ajouta-t-il en clignant d'un œil conspirateur, si voulez faire faire son affaire à quelqu'un, y a rien de mieux qu'un bon Rottweiler. Si vous comprenez ce que je veux dire.

— Tout à fait, répondit Feyerman. Combien demandez-vous pour vos services?

— Cinq mille livres par jour, plus les pertes.

— Quelles pertes?

— S'il arrive quelque chose à mes chiens, il faudra les remplacer.

— Cinq mille livres par jour, dites-vous?

Le savant qui avait l'habitude de négocier ses services pour de l'argent, secoua la tête.

— Je ne pense pas que ce soit acceptable, dit-il.

— À votre guise, dit l'homme.

Il tourna les talons et fit mine de s'en aller. Feyerman le rappela.

— N'êtes-vous pas censé négocier?

— En ce qui me concerne, les négociations sont terminées. Je vous ai dit mon prix, vous avez refusé. Si vous avez une offre à me faire, il faudrait qu'elle soit suffisamment intéressante.

— Si je consentais à vous payer cinq mille livres par jour, qu'est-ce qui me garantirait que vous vous donneriez la peine de chercher? Vous pourriez vous enrichir rien qu'en restant assis au pub.

— Votre offre, c'est quoi, alors?

— Cinquante mille livres pour retrouver ce cheval dans la semaine. Pas de dédommagements, pas de boni. En cas d'échec, vous n'aurez rien. C'est la façon qu'a mon employeur de faire affaire. C'est à prendre ou à laisser.

— Vous voulez juste qu'on vous trouve le cheval ou est-ce qu'il faut aussi vous le ramener?

— Si vous ne pouvez pas le ramener, assurez-vous au moins que je puisse me rendre jusqu'à lui.

— Vous le voulez mort ou vif?

Feyerman prit le temps de réfléchir. Il n'y avait vraiment aucune raison de garder Clair-de-Lune en vie. Du moment qu'il pourrait prélever les échantillons de sang, créer une autre licorne serait possible.

— Aucune importance, répondit-il.

— Je vais me servir des Rottweiler pour le terrasser, dit Cullen. Y a rien de plus dangereux que ces chiens-là. Ils pourraient arrêter n'importe quel cheval. Ça ne sera pas très joli à voir, remarquez bien.

— Ce n'est qu'un cheval, fit Feyerman avec un geste d'indifférence.

Ils conclurent le marché et se serrèrent la main. Cullen s'éloigna pour aller préparer ses chiens. Le savant lui avait passé la vieille couverture de Clair-de-Lune, celle de l'écurie de Furlongs. Les limiers y décèleraient l'odeur de la licorne.

Feyerman n'avait pas fermé l'œil de la nuit, s'évertuant à imaginer une façon d'attraper Clair-de-Lune ou, si cela s'avérait impossible, de soutirer le plus d'argent possible à Brannigan avant de quitter le pays.

S'il n'avait pas été aussi épuisé, il se serait peut-être rappelé que Clair-de-Lune était accompagné de Cathy. Mais il ne songea pas un seul instant aux blessures qu'un Rottweiler pourrait éventuellement infliger à une jeune fille.

16

Cathy et Clair-de-Lune se promenaient dans les bois. La jeune fille étudiait la carte, prise dans la Land Rover, pour essayer de trouver un bon endroit où se cacher.

Ton ancienne vie ne te manque pas? demanda Clair-de-Lune.

— Pas vraiment. Pas encore, en tout cas. Je pourrai toujours rentrer à la maison une fois que tu seras en lieu sûr.

Excellente attitude de ta part. Il serait idiot de penser que nous pourrions rester ensemble pour toujours. Tu es encore très jeune, tu as toute ta vie devant toi.

— Penses-tu qu'il y aura jamais d'autres licornes?

Je l'espère. Ton monde est une véritable catastrophe. Sans nous, la race humaine est devenue cupide. Elle pense que la Terre lui appartient et qu'elle peut y agir à sa guise. Il y a toujours eu des guerres et des mésententes, mais jamais auparavant elles n'ont eu une telle envergure.

— Il paraît qu'il y a suffisamment d'armes nucléaires pour détruire la Terre des centaines de fois.

Aucune espèce ne devrait posséder une telle puissance. La science a pour mission d'aider la vie, non de l'exterminer.

○

À midi, ils s'arrêtèrent pour collationner de nouveau.

— Je commence à en avoir marre des carottes, se plaignit Cathy. On devrait peut-être essayer de trouver un magasin.

Y a-t-il des villes à proximité?

— Il devrait y avoir un village à environ onze kilomètres au nord d'ici, dit Cathy en consultant sa carte. À condition que je ne sois pas complètement nulle en lecture de carte.

Monte, Cathy. On va aller chercher le village.

— Attends, on ne sait pas où se trouve le nord.

Il est midi. Le soleil est donc au zénith. Comme il se lève à l'est et se couche à l'ouest, au zénith, il est au sud.

— J'aurais dû y penser, dit Cathy avec un sourire.

Clair-de-Lune courut les onze kilomètres sans problème. Il se cacha dans un bosquet et Cathy marcha jusqu'au village.

Elle trouva une petite boutique au bord de la route. En vitrine, il y avait des paquets de céréales jaunis par le temps et des fruits en plastique. Sur une étagère suspendue devant la porte étaient alignés des journaux vieux de plus d'un an, trempés par la pluie.

En dépit de son aspect négligé, ce dépanneur était assez bien fourni. Cathy acheta un sac de pommes, une baguette, quelques tomates, un carton de lait et une pointe de fromage.

— On a laissé notre panier à pique-nique à la maison, expliqua-t-elle au vieux monsieur derrière le comptoir.

Le marchand se contenta de hocher la tête. Il sortit son stylo et additionna le prix de la nourriture sur l'arrière d'un sac en papier brun. Puis il fit sonner le tiroir-caisse, et l'indication *Pas de vente* s'afficha sur la caisse. Cathy s'acheta aussi une tablette de chocolat, en se disant qu'elle méritait de se gâter un peu.

Clair-de-Lune brillait par son absence lorsqu'elle revint au bosquet. Pendant quelques minutes, Cathy se tint immobile, fouillant les environs d'un œil hagard. Elle aperçut bientôt la licorne qui s'en revenait à travers les arbres, comme si de rien n'était.

— Où étais-tu? Je craignais qu'il ne te soit arrivé quelque chose. Je t'avais demandé de m'attendre ici!

L'appel de la nature. Désolé.

Un petit silence embarrassé s'ensuivit.

Je vois que tu as trouvé de quoi manger.

Cathy s'assit et ouvrit son sac de plastique.

— Veux-tu une pomme?

Clair-de-Lune fit oui de la tête. Cathy lui lança le fruit, mais au lieu de la recevoir dans sa bouche, il l'éperonna sur sa corne.

— Formidable! s'exclama Cathy en riant. Mais comment vas-tu faire pour la manger, à présent?

Clair-de-Lune lança la pomme en l'air d'un coup de tête et l'attrapa au vol avec sa bouche.

— Tu es vraiment habile avec ta corne. Les licornes l'utilisaient-elles toujours pour se battre?

Non, surtout pour se défendre. Certaines personnes – et certaines licornes – pensent que notre corne est un symbole, mais la nature ne fait jamais rien sans raison.

— Ah oui? Et les sourcils, alors? Je n'ai jamais pu comprendre à quoi ils servent.

Ils empêchent la sueur d'entrer dans les yeux. On peut imaginer que, dans un avenir lointain, les humains perdront leurs sourcils, lorsqu'ils auront la maîtrise de tout.

— Bon, d'accord. Mais alors, dis-moi, pourquoi les hommes ont-ils des mamelons?

Clair-de-Lune regarda Cathy d'un air perplexe.

Voilà une question que se posent les humains les plus intelligents depuis fort longtemps, sans que personne ait jamais su y répondre.

— Et toi, tu sais?

Bien entendu. Les licornes savent tout.

— Alors dis-moi pourquoi les hommes ont des mamelons.

La licorne fit une pause.

C'est un secret.

— Tu n'es qu'un menteur, Clair-de-Lune, dit Cathy, en riant. Les licornes ne savent pas tout.

Non, mais nous avons le sens de l'humour...

Cette fois, Cathy crut bien voir la licorne sourire.

○

Sur la petite route secondaire où Cathy et Clair-de-Lune avaient abandonné la Land Rover, le dresseur flatta son limier préféré sur la tête.

— Allons, Oscar, lui dit-il, va voir ce que tu peux trouver.

Disant cela, il mit la couverture de Clair-de-Lune sous le nez du chien, puis le relâcha.

Oscar baissa la tête et se mit à flairer le sol. Il mit un petit moment à repérer l'odeur, mais une fois qu'il l'eut captée, il se mit à courir à travers champ comme un aspirateur à quatre pattes. Enfourchant sa moto, Cullen le suivit. De temps à autre, il devait crier au chien de l'attendre quand il contournait un fossé, mais en dehors de cela, ils avançaient à bonne allure.

Il avait entrepris des recherches semblables dans le passé, et il savait que chaque kilomètre couvert par le limier réduisait les chances de sa proie.

Ce n'est que vers la fin de l'après-midi qu'ils atteignirent l'endroit où Clair-de-Lune et Cathy avaient passé la nuit précédente. Oscar donnait des signes de fatigue. Cullen appela ses employés avec son téléphone cellulaire.

Ceux-ci roulaient sur des routes de campagne dans une grosse fourgonnette, en tentant vaille que vaille de se tenir à la hauteur de Cullen et d'Oscar. À l'arrière du véhicule se trouvaient deux autres limiers et trois Rottweiler. On n'avait pas nourri les chiens depuis la veille, de sorte qu'ils étaient de plus en plus énervés.

— Oscar commence à se fatiguer, les gars. Préparez un autre chien. On vous attendra sur la route.

—Y a-t-il du neuf? demanda le conducteur.

— Ouais, on a trouvé l'endroit où le cheval a dormi la nuit dernière. Et il y a des empreintes de pas par ici. Sans doute celles de celui qui a enlevé le cheval.

— Alors on ne pourra pas se servir des Rottweiler pour arrêter le cheval.

— Pourquoi pas? répliqua Cullen. Feyerman m'a fait comprendre à mots

couverts que punir les voleurs ne lui dé-
plairait pas tellement – si vous comprenez ce que je veux dire.

— Combien ça va nous rapporter, cette
histoire-là? Je voudrais être sûr que ça en
vaut la peine. Tu te rappelles le gars, là, l'an
dernier? Bruno a bien failli le tuer.

— Si on trouve le cheval dans la semaine, ça nous donnera trente mille, mentit Cullen. Et c'est du bon argent, d'un
homme d'affaires connu.

— Tant mieux, alors. Ça va.

Le chauffeur déposa le téléphone et se
tourna pour regarder les chiens.

— Vous avez faim, les amis?

Les Rottweiler se mirent à grogner.

○

Lorsqu'il se mit à pleuvoir, Cathy et
Clair-de-Lune cherchèrent un abri dans le
parc public de l'endroit.

— Je n'aime pas devoir attendre
comme ça, dit Cathy. N'importe qui pourrait nous suivre.

Tu aimerais mieux te faire mouiller?

— Ce que j'aimerais, c'est que les licornes soient munies d'un toit.

La pluie va bientôt cesser. Nous pour-
rons alors repartir.

Ainsi que Clair-de-Lune l'avait prédit, la
pluie cessa moins de cinq minutes plus tard.
La licorne conduisit Cathy vers l'étang du
parc, y trempa sa corne pour y purifier
l'eau, et suggéra à Cathy de remplir sa bouteille.

— Et maintenant?

Avant que quelqu'un d'autre décide
de faire sa promenade du soir dans le
parc, je propose que nous trouvions une
autre cachette.

○

Le limier qui avait remplacé Oscar était
au bord de l'épuisement lorsqu'ils trouvèrent enfin l'endroit où Cathy et Clair-de-
Lune avaient pique-niqué. Entre-temps, il y
avait eu une averse, de sorte que l'odeur du
cheval s'était pratiquement estompée. Mais
grâce à la finesse de son odorat, le chien
localisa les crottes de la licorne.

— Encore fraîches, déclara Cullen en les
repoussant du bout du pied. Ils ne peuvent
pas être allés très loin.

La fourgonnette attendait sur la route.

— Allons, les amis. Ils ne sont pas loin d'ici. Le moment est venu d'envoyer Bruno et ses camarades jouer dehors.

Il sortit son téléphone et appela Feyerman.

○

Clair-de-Lune s'éveilla en premier. Il entendait japper au loin les chiens qui se rapprochaient dangereusement. Bouleversé par ce bruit, il recula pour s'en éloigner.

Ils avaient vainement cherché une grotte dans les montagnes mais, en désespoir de cause, ils avaient dû se contenter de s'abriter sous un petit auvent rocheux.

Réveille-toi, Cathy! On est dans le pétrin!

Cathy se retourna sur le dos en se frottant les yeux.

— Hum? Qu'est-ce qui se passe?

Les chiens! Il y a une meute qui arrive. Ils nous cherchent.

Cathy se dressa sur son séant.

— Des chiens? On peut courir plus vite qu'eux, non?

Nous n'en avons pas le temps. Il va falloir se battre. Recule contre le rocher.

Ne les laisse surtout pas passer derrière toi!

— Combien de minutes avant qu'ils nous rejoignent?

Même pas une!

Un grand Rottweiler déboucha en trombe du sous-bois. Il s'arrêta net en apercevant Clair-de-Lune, puis se remit à avancer lentement, en grognant.

Deux autres Rottweiler apparurent derrière le premier. Ils se postèrent en éventail et convergèrent sur Clair-de-Lune.

Clair-de-Lune se prépara à attaquer l'un d'entre eux, mais tandis que celui-là reculait, les autres se rapprochaient. Petit à petit, la licorne se trouva acculée contre le rocher.

Debout à ses côtés, Cathy tremblait de terreur.

— Clair-de-Lune, arrête-les! cria-t-elle.

Le chien de gauche bondit sur Clair-de-Lune, visant sa gorge de ses énormes crocs. La licorne se retourna et le renversa en arrière d'un solide coup de sabot. Au même moment, le chien de droite s'élança et attaqua Clair-de-Lune par derrière.

D'une formidable ruade, la licorne projeta le Rottweiler contre un arbre.

Le troisième chien chargea à son tour, atterrissant sur le dos de Clair-de-Lune. Cathy se mit à hurler.

La licorne se retourna et tenta d'écraser le chien contre la paroi rocheuse, mais le premier chien revint à la charge. Cette fois, il enfonça ses crocs dans la gorge de Clair-de-Lune, qui rugit.

Se débattant furieusement, il parvint à désarçonner le chien qui était sur son dos. Celui-ci le contourna, puis bondit de nouveau.

La licorne se retourna alors et l'empala sur sa corne. Le Rottweiler mort s'effondra sur le sol.

Celui qui s'accrochait toujours à Clair-de-Lune lui labourait la gorge de ses griffes.

Sans prendre le temps de réfléchir, Cathy se pencha en avant et agrippa le Rottweiler par le cou. Celui-ci lâcha immédiatement la licorne pour se tourner vers la fille. Mais avant qu'il ait pu l'attaquer, Clair-de-Lune bondit en avant et atterrit sur le dos de l'animal, le tuant sur-le-champ.

Frémissante, Cathy éclata en sanglots. Clair-de-Lune, qui saignait abondamment, s'effondra lentement sur le sol.

Des gens... s'en viennent, Cathy... Sauve-toi vite!

— Non, Clair-de-Lune! Je ne te laisserai pas!

La licorne restait étendue sans bouger, sa puissante poitrine se soulevant et s'abaissant de façon irrégulière.

— Réveille-toi, Clair-de-Lune, je t'en supplie! Il faut partir d'ici!

— Je crains bien qu'il ne soit trop tard pour cela, Cathy.

Cathy se retourna. Debout, derrière elle, se tenait Émile Feyerman.

17

Trois hommes parurent derrière le savant. Ils se dirigèrent aussitôt vers les chiens, mais n'en trouvèrent qu'un seul en vie.

Cullen se releva.

— Il va falloir l'abattre. Et ça va vous coûter cher.

— Avez-vous oublié notre marché, monsieur Cullen? rétorqua Feyerman. Cinquante mille, pas de dédommagements.

Les hommes de Cullen échangèrent des regards puis se retournèrent vers Feyerman.

— Cinquante mille! jeta l'un d'eux. Tu nous avais dit trente.

— Ta gueule! fit Cullen en le pulvérisant du regard.

Il s'approcha à quelques centimètres du savant.

— Vous ne m'aviez jamais dit que le voleur était une fille. Vous m'avez fait croire qu'il s'agissait d'une bande internationale de voleurs de chevaux. Et, ça là, ajouta-t-il en pointant Clair-de-Lune du doigt, c'est pas un cheval!

Feyerman se rendit compte qu'il venait de se faire sérieusement damer le pion. Il n'avait d'autre choix que de tenter un compromis.

— Touché, reconnut-il. Vous ne soufflez mot de ceci à personne et je monte le prix à soixante-quinze mille.

Cullen se croisa les bras et dit avec un hochement de tête:

— Je ne sais pas, Docteur, dit-il. M'est avis qu'un journal me donnerait pas mal plus pour une histoire comme celle-ci.

— Il vous faudrait une preuve.

— On l'a. On n'aurait qu'à emmener cette bête-là avec nous.

— Il faudrait me tuer d'abord.

La main de Cullen brilla soudain. Il tenait un grand couteau de pêche.

— Comme vous voudrez, Docteur.

— Si j'étais vous, répliqua Feyerman en ricanant, je regarderais ce que j'ai dans la main, avant de faire une bêtise.

Le dresseur baissa les yeux. Feyerman lui braquait le canon d'un pistolet automatique à un centimètre du ventre.

Les deux hommes se dévisagèrent un moment. Finalement Feyerman dit:

— Vous m'avez rendu un grand service en retrouvant cette bête. Je vais maintenant vous renvoyer l'ascenseur en vous laissant la vie sauve.

Cullen lui tourna le dos et repartit. Un de ses hommes tenta de relever le chien blessé. Cullen le saisit par le bras en lui intimant de le laisser.

— Il est mourant.

— J'ai dit de le laisser là! répéta Cullen en grinçant des dents.

Ils partirent dans les bois à grands pas, pleins de hargne.

Feyerman se tourna vers Cathy.

— Tu n'aurais pas dû tenter de t'évader avec la licorne. Regarde-la. Elle se meurt. Elle ne passera pas la nuit.

— Je vous en supplie, implora Cathy en sanglotant, demandez de l'aide!

Le savant secoua la tête.

— Tu m'as causé beaucoup de problèmes, Cathy. Je regrette presque que les chiens ne t'aient pas achevée.

Il ouvrit son sac et en retira un petit paquet enveloppé de plastique.

Clair-de-Lune essaya de ruer, mais il était beaucoup trop affaibli pour faire du mal à Feyerman. Celui-ci s'agenouilla auprès de la licorne et ouvrit son paquet. À l'intérieur se trouvaient plusieurs éprouvettes contenant de la gelée de Pétri. Il préleva un peu du sang de Clair-de-Lune et rescella les éprouvettes.

— Maintenant, j'ai obtenu tout ce que je voulais de Clair-de-Lune, dit-il en se relevant. Je pense donc que je vais vous tirer ma révérence.

— Clair-de-Lune se meurt!

— Et alors? dit Feyerman en haussant les épaules.

— Vous devez l'aider! S'il meurt, quiconque trouvera son corps saura qu'il s'agit d'une licorne!

— Ça n'a plus la moindre importance. Je ne retourne pas chez Roger Brannigan. Je pense aller plutôt en Inde y poursuivre mon travail. Savais-tu que les licornes étaient originaires de l'Inde?

Cathy secoua la tête. Elle se disait que plus elle ferait parler Feyerman, plus

grandes seraient ses chances de le retenir.

— Et savais-tu que les licornes sont cen-
sées représenter tout ce qu'il y a de bon
dans le monde? demanda Feyerman.

— Il est certain qu'elles sont bonnes! Et
magiques, aussi.

Le savant rit d'un air moqueur.

— Magiques! Bien sûr, les fantaisies in-
fantiles dont nous avons dit que tu souffrais
à la police. La magie, ma chère petite, c'est
une blague! Une illusion!

— Comment expliquez-vous alors que
Clair-de-Lune soit si rapide et si fort? Vous
avez admis vous-même ne pas comprendre
comment il avait pu grandir aussi vite.

— Ça, ça n'est pas de la magie, Cathy.
C'est de la biologie.

L'adolescente se rappela Clair-de-Lune
sautant la muraille, dans le champ, à
Furlongs, puis purifiant l'eau de la mare
grâce à sa corne. Mais elle n'en dit mot à
Feyerman.

— Clair-de-Lune va saigner à mort
avant l'aube, Cathy. Ce ne sera pas beau à
voir. Je te conseille de partir avant.

Disant cela, le savant tourna les talons et
s'éloigna.

○

Beaucoup plus tard, Clair-de-Lune reprit brièvement connaissance.

Cathy? Que s'est-il passé?

— Feyerman est venu. Il a pris des échantillons de ton sang. Il veut faire d'autres clones.

Ce n'est peut-être pas une mauvaise chose. Ainsi y aura-t-il au moins d'autres licornes.

— Avant de te faire évader de la maison de Brannigan, j'ai fait des rêves très étranges au sujet des licornes. C'est toi qui me les avais envoyés, n'est-ce pas?

Oui. Je voulais te guider.

— Tu m'as fait voir un rêve au cours duquel tu combattais une grande licorne noire. Ce n'est pas arrivé.

L'avenir n'est jamais écrit. Ce que tu as vu, ce n'étaient que des suggestions d'avenirs possibles. Les rêves peuvent s'interpréter de diverses façons. La licorne noire pourrait symboliser les chiens.

— D'accord, et maintenant, qu'est-ce qu'on fait?

Tu dois me quitter. Retourne en ville et essaie de ramener de l'aide.

— Je ne veux pas ! Je veux rester ici!

Il n'y a pas de nuages, Cathy. Il fera froid cette nuit. Tu dois absolument trou-

196

ver un abri. C'est mieux, crois-moi. Reviens demain matin.

— Mais Feyerman a dit que tu serais mort avant l'aube!

Je ne sais pas. Il a peut-être raison. Mais si tu ne trouves pas à t'abriter contre le froid, tu pourrais mourir toi aussi, Cathy.

— Puis-je faire quelque chose pour toi avant de m'en aller?

Recouvre les blessures de ma gorge, si tu veux bien, pour réduire les risques d'infection.

Cathy sortit de son sac son tee-shirt de rechange. Elle le trempa dans l'eau de la bouteille et nettoya les écorchures. Puis elle le déchira en lanières qu'elle plaça sur les blessures.

Le dos de Clair-de-Lune portait d'autres éraflures, mais Cathy ne disposait de rien d'autre pour les recouvrir. Elle les lava de son mieux et embrassa ensuite la licorne sur le front.

— Je serai bientôt de retour, dit-elle. Je vais chercher de l'aide.

Elle s'éloigna, mais arrivée à l'orée de la clairière, elle se retourna. Clair-de-Lune reposait sans bouger. N'eût été la pleine lune, elle n'aurait pu le voir respirer.

◯

Margaret arpentait fébrilement son logement. La nuit précédente elle n'avait pas du
tout dormi, et elle n'avait pas l'impression
qu'elle pourrait fermer l'œil cette nuit non
plus. Il était trois heures et demie du matin,
et elle aurait bien voulu avoir un somnifère
à portée de la main.

Elle ne savait d'ailleurs pas ce qu'elle
devait ressentir. D'une part, Cathy était
portée disparue et c'était de sa faute. Là-
dessus, pas de doute possible. Mais d'autre
part, Stephen avait paniqué lorsqu'elle lui
avait appris que les policiers s'en venaient.
Il avait attrapé ses affaires au vol et avait
déguerpi.

«Qu'est-ce que cela veut dire?» se de-
mandait Margaret. Stephen ne paraissait
pas être du genre à avoir peur de la police.
Il avait tout l'air d'un homme d'affaires hon-
nête. Il est vrai que Margaret n'avait jamais
réussi à savoir comment il gagnait sa vie. Il
réussissait à éluder le sujet chaque fois
qu'elle l'abordait.

Elle savait qu'il était propriétaire d'une
compagnie. De cela elle était sûre. Autrement, comment aurait-il pu jouir de tant
d'heures de loisirs? Cela expliquait aussi

pourquoi il devait s'absenter à des heures bizarres. Un soir, après un coup de fil reçu à minuit, il lui avait expliqué que l'ordinateur s'était détraqué au bureau et que s'il n'allait pas immédiatement le réparer, le quart de nuit arrêterait de fonctionner.

Ses pensées oscillaient entre Cathy et Stephen. Un recoin particulièrement pervers de son cerveau lui disait que Stephen ne reviendrait pas et que c'était encore une fois de la faute de Cathy.

La sonnerie du téléphone interrompit ces pensées. Margaret se précipita à travers la pièce et saisit l'appareil avant la deuxième sonnerie.

— Allô?

— Margaret O'Toole? Ici le sergent Eugène McDonald à Kilcormac, comté Offaly. Votre nièce est ici, avec nous.

— Dieu merci! Elle va bien?

— Elle souffre d'épuisement, mais pour le reste, elle se porte bien, Nous l'emmenons à l'hôpital du comté.

— O.K. J'arrive aussitôt que possible.

— À votre place, je me reposerais un peu. Croyez-moi, elle va bien. Tout ce dont elle a besoin, c'est de ne pas s'en faire pendant quelques jours.

— Elle peut se reposer ici. Je m'occuperai d'elle.

Le sergent fit une pause avant de poursuivre.

— Pour tout vous dire, mademoiselle O'Toole, nous ne pouvons pas la renvoyer chez vous avant de savoir pourquoi elle s'est enfuie.

Margaret se mordit la lèvre.

— Je vois, dit-elle. Alors, que dois-je faire?

— Pour commencer, appelez donc tous ceux qui sont au courant de sa disparition pour les rassurer. Et tâchez de dormir un peu. Appelez-nous plus tard ce matin et nous verrons alors où en sont les choses.

Margaret remercia le sergent et raccrocha. Puis elle ferma les yeux et poussa un grand soupir. «Voilà au moins un problème de résolu», se dit-elle. Si seulement elle trouvait un moyen de joindre Stephen.

Ç'avait été un week-end épatant. Margaret en voulait à Cathy de l'avoir gâché en s'enfuyant. «Pour qui se prend-elle? Elle se croit le droit de ruiner ma vie en même temps que la sienne! Je n'ai pas demandé à m'occuper d'elle. Je n'y suis pour rien, moi.»

Elle frissonna, oscillant entre la colère qu'elle ressentait envers Cathy et le soulagement de la savoir hors de danger. Elle alla à la salle de bains et s'aspergea le visage d'eau froide. Appuyée au lavabo, elle regarda son reflet dans le miroir.

Ses yeux tombèrent sur le pendentif que Stephen lui avait acheté. Un cadeau qui l'avait ravie, et qu'elle avait porté chez le bijoutier du coin pour le faire évaluer. Le jeune homme, derrière son comptoir, lui avait révélé qu'il valait au moins quinze mille livres.

Il était en or massif et gravé d'un M. Elle le retira de son cou et l'examina. «Il doit m'aimer, se dit-elle. Autrement, pourquoi m'aurait-il acheté un bijou d'une telle valeur?»

Elle retourna le pendentif dans sa main. La tête en bas, il semblait être gravé d'un W. Elle l'examina de plus près: la petite boucle qui le rattachait à la chaîne semblait avoir été ajoutée plus tard. À la base du pendentif, elle remarqua deux petites marques, là où une autre boucle avait été coupée. À l'origine, il avait donc été porté dans l'autre sens.

Margaret eut un haut-le-cœur et laissa tomber le bijou dans le lavabo. Elle recula lentement en secouant la tête.

Elle comprit soudain ce que Stephen faisait pour gagner sa vie, ainsi que la raison de sa panique lorsqu'il avait appris la venue imminente de la police. Tout ce qu'il lui avait donné avait été volé.

○

Brigitte achevait de servir le petit déjeuner de Shane lorsque le téléphone sonna.

— Allô?

— Ici le sergent McDonald de Kilcormac, comté Offaly. J'ai un message pour une certaine Brigitte, à ce numéro.

— C'est moi, répondit Brigitte en fronçant les sourcils.

— Cathy Donnelly m'a demandé de vous appeler pour vous dire que tout était maintenant terminé et qu'elle allait bien.

— Dieu merci! soupira Brigitte.

— Cathy est arrivée ici tôt ce matin. Elle était un peu ébranlée, mais insistait pour qu'on vous appelle, que c'était important.

— Très bien, je vois, merci.

— Ce n'est rien. Elle a dit qu'elle vous téléphonerait dans quelques jours.

Brigitte dit au revoir et raccrocha.

Assis par terre, Shane jouait avec la licorne dont Cathy lui avait fait cadeau. Il sourit à sa mère en agitant le jouet.

— Cheval! gloussa-t-il.

Brigitte sourit à son fils.

— Non, mon petit chéri, dit-elle. C'est une licorne. Il y a une grande différence.

18

Pour la première fois en trois jours, Cathy dormait dans un vrai lit. Après un moment de confusion, elle s'aperçut qu'elle était à l'hôpital.

Elle tenta de s'asseoir, mais la tête lui tournait et elle se sentait trop faible.

Au mur, il y avait un bouton d'appel sur lequel elle appuya. Une infirmière apparut bientôt.

— Comment ça va, Cathy?

— Où suis-je? Comment suis-je arrivée ici?

— Tu devrais plutôt me demander: «Où suis-je?» et «Que s'est-il passé?» répondit l'infirmière en riant aimablement.

Cathy se souvint alors de Clair-de-Lune.

— Depuis quand suis-je ici?

— Depuis peu. On t'a amenée vers trois heures et demie du matin, je pense. Mais ne t'inquiète pas. Encore quelques jours au lit et tu seras guérie.

— Où est Clair-de-Lune?

— Clair-de-Lune?

— Mon... cheval. Il va bien?

— Désolée, mais je n'en sais rien. Allez, reste tranquille et repose-toi, maintenant.

Une jeune policière entra dans la pièce.

— Est-ce que je peux parler à Cathy quelques minutes?

L'infirmière hocha la tête et quitta la chambre. La policière s'assit à côté du lit.

— On me dit que tu étais très agitée, la nuit dernière, Cathy. Peux-tu me raconter ce qui s'est passé?

— Il y avait des hommes et des chiens. Ils ont essayé de tuer Clair-de-Lune, mais il les en a empêchés. Il se mourait quand je l'ai quitté pour aller chercher de l'aide.

— Et Clair-de-Lune est ton cheval, n'est-ce pas?

Cathy sourit faiblement.

— Non, dit-elle, il est son propre cheval. Je ne suis que son amie.

— Cathy, quand tu es arrivée au poste de police, hier soir, tu parlais d'hommes

portant des fusils et des couteaux. Tu es disparue depuis vendredi soir. Dis-moi, Cathy, as-tu été kidnappée ou agressée?

Cathy secoua la tête.

— S'est-il passé quelque chose à la maison ou à l'école qui t'a incitée à partir?

— Non, rien de ça. Il fallait que je sauve Clair-de-Lune.

— O.K., parle-moi de Clair-de-Lune.

Cathy ne savait vraiment pas par où commencer. Elle savait que la policière ne la croirait jamais si elle lui disait que Clair-de-Lune était une licorne.

— Bien des choses que tu nous as dites, la nuit dernière, n'avaient pas grand sens, mais tu nous as donné le numéro de téléphone de ta tante. On t'avait mise sur la liste des personnes disparues, mais personne ne sait comment tu as pu franchir une telle distance.

— C'est Clair-de-Lune qui m'a portée. C'est un cheval très fort.

La policière inspira profondément.

— Cathy, dit-elle, après ton arrivée, le sergent a envoyé trois hommes dans les bois pour effectuer des recherches. Ils n'ont vu aucune trace de cheval.

— Vous ne me croyez pas!

— Et tu as aussi dit que Clair-de-Lune était une licorne.

Comme Cathy ne se souvenait même pas d'être entrée au poste, elle n'avait aucune idée de ce qu'elle avait pu leur raconter.

— O.K., dit Cathy. Le moment est venu de vous mettre au courant de toute l'histoire. Vous n'êtes pas obligée de me croire, mais c'est la vérité.

Il lui fallut plus d'une heure pour tout raconter. Elle parla d'abord de la bête congelée découverte dans le glacier norvégien. Elle lui décrivit ensuite Terres-Basses et la façon dont Damien O'Flynn lui avait appris à conduire. Elle la renseigna finalement sur Roger Brannigan et Émile Feyerman.

Lorsqu'elle lui expliqua comment elle était venue au secours de Clair-de-Lune, à l'écurie de Furlongs, la policière hocha la tête en consultant son calepin. Elle sortit un moment, puis revint entendre la fin du récit.

○

Vêtu de sa robe de chambre, Roger Brannigan descendit l'escalier en chancelant pour aller ouvrir. Trois policiers l'attendaient sur le perron.

— Monsieur Brannigan? Nous aimerions vous dire un mot, si vous n'y voyez pas d'inconvénient.

Brannigan eut soudainement la gorge sèche. Il avala sa salive.

— Au contraire. Que puis-je faire pour vous?

— Certaines allégations veulent que vous ayez été impliqué dans de mauvais traitements infligés à l'un de vos animaux. Un cheval, je pense.

Brannigan se sentit soulagé. Il était en terrain solide. Ses avocats le libéreraient sans problème d'une accusation aussi insignifiante que celle de cruauté envers les animaux.

— De plus, poursuivit l'agent, nous avons des témoignages de certains de vos employés indiquant que vous avez été impliqué dans des expériences d'ordre génétique.

— Je suis certain qu'il n'y a rien d'illégal dans cela, dit Brannigan. Ceci dit, cela ne veut absolument pas dire que j'admets vos allégations, car je n'ai jamais été mêlé à quoi que ce soit de ce genre.

— Peut-être pas, c'est une question qui relève d'un tribunal d'éthique. Cependant, un certain docteur Émile Feyerman nous a dit avoir découvert que le matériel génétique à l'aide duquel vous travailliez avait été volé à un laboratoire norvégien. Il prétend avoir des preuves à l'appui. Il est prêt à témoigner devant la cour.

Brannigan sentit un frisson lui parcourir l'échine.

— Je ne vois vraiment pas de quoi vous voulez parler.

— De plus, une effraction perpétrée ici même, dans cette maison, samedi dernier, nous permet fortement de croire que vous connaissiez l'identité de la jeune coupable. La rétention de preuve, monsieur Brannigan, est une accusation très grave.

— Que voulez-vous exactement? Ou êtes-vous venu ici simplement pour me parler de crimes qui ne me concernent pas?

— Si vous continuez à nier ces accusations, on pourrait vous accuser de résistance à un agent. Allez donc vous habiller, monsieur Brannigan. J'aimerais avoir une petite conversation avec vous au poste de police.

○

— Ta tante a été informée du fait que tu allais bien, Cathy, dit la policière. Elle était très inquiète et, en fait, elle se reproche tout ce qui est arrivé.

— Quand puis-je rentrer chez moi?

— Plus tard, aujourd'hui, si tu te sens assez forte.

— Voudriez-vous d'abord m'accorder une faveur?

— Si je le peux, oui. De quoi s'agit-il?

— Je voudrais aller dans la forêt, tenter de retrouver Clair-de-Lune. M'y conduiriez-vous?

Après une courte pause, la policière répondit:

— Je suis sûre que ça peut s'arranger.

Cathy descendit du lit et s'habilla.

— Il est peut-être toujours là. Les policiers ne l'ont peut-être pas retrouvé, hier soir. Ils ont peut-être cherché au mauvais endroit.

La jeune policière hocha la tête, persuadée que si ses blessures étaient aussi graves que Cathy les lui avait décrites, Clair-de-Lune était sûrement mort.

○

— C'était quelque part autour d'ici, dit Cathy comme elles marchaient dans la forêt. Il faisait nuit quand on est arrivés ici. De jour, tout paraît différent.

À travers les arbres, Cathy aperçut l'auvent rocheux sous lequel elle et Clair-de-Lune s'étaient abrités. Elle courut devant, la policière faisant de son mieux pour la rattraper.

Cathy arriva dans la clairière et s'arrêta net. Clair-de-Lune n'était plus là!

Les joues mouillées de larmes, elle arpenta la clairière en titubant, essayant d'y trouver un indice. Tout avait disparu, Clair-de-Lune, son sac à dos, et même le cadavre des chiens. Rien ne pouvait laisser croire que la licorne s'était jamais trouvée là.

19

— Ils l'ont emmené! s'écria Cathy. Ces hommes-là, avec leurs chiens! Ils l'ont emmené, comme ils l'avaient promis au docteur Feyerman!

Une pensée lui traversa l'esprit:

— Clair-de-Lune a réussi à vaincre les chiens, dit-elle. Il en a tué deux et a grièvement blessé le troisième. Leurs cadavres doivent être ici quelque part. Si on les trouve, vous saurez que je ne vous raconte pas d'histoires.

Avec l'énergie du désespoir, elle se mit à fouiller les broussailles. Elles ne trouvèrent rien.

— Cathy, émit la policière, il arrive que, sous l'influence d'une grande tension nerveuse, on imagine des choses. Notre cerveau nous joue des tours, et on ne fait plus très bien la différence entre l'imaginaire et le réel.

Cathy secoua résolument la tête.

— Non, soutint-elle, ce n'est pas ce qui s'est passé! Comment expliqueriez-vous ma présence ici, alors?

— Je ne sais pas. Mais ce dont je suis sûre, c'est que tu viens de passer plusieurs nuits dehors, au froid, et je sais que Clair-de-Lune t'a beaucoup manqué quand tu as quitté Furlongs.

— Alors vous pensez que j'ai tout imaginé! Que je suis en train de devenir folle!

La policière soupira. Elle savait que Cathy disait la vérité sur le sauvetage de Clair-de-Lune. Les rapports des deux policiers confirmaient par ailleurs la présence de celui-ci à Furlongs. Ils avaient spécifié que Clair-de-Lune était une licorne. La policière était convaincue que Cathy *pensait* dire la vérité, mais elle voulait s'assurer que la jeune fille ne souffrait pas d'hallucinations dues à l'épuisement et à la faim.

— Regardez! s'exclama Cathy. Vous voyez l'herbe aplatie ici? C'est là que j'ai laissé Clair-de-Lune. Ces hommes-là ont dû revenir le chercher.

— Et ils ont pris tout le reste, également?

— Pourquoi pas? Ils avaient dit à Feyerman qu'ils pourraient vendre l'histoire au journaux, et se servir de Clair-de-Lune comme preuve. Ils ont peut-être voulu ne laisser aucun indice prouvant qu'ils l'avaient pourchassé avec des chiens. Ça les a vraiment embêtés de me voir avec Clair-de-Lune. On leur avait laissé entendre que c'étaient des voleurs de chevaux qui l'avaient enlevé. Ils ne voulaient pas qu'on apprenne que j'aurais pu être déchiquetée par les chiens et voilà pourquoi ils ont pris mon sac.

— C'est possible, reconnut la policière. Mais le sang? Tu m'as dit que Clair-de-Lune avait été grièvement blessé? On devrait trouver un peu de son sang dans les environs.

Cathy regarda autour d'elle et eut un geste d'ignorance.

— Et celui des chiens aussi, dit-elle. Clair-de-Lune en avait tué un avec sa corne.

— Écoute, on va d'abord te ramener chez toi. Nous allons questionner M. Brannigan, qui est actuellement au poste de Dunlavin. On verra ce qu'il va nous dire.

Le sergent entra dans la pièce réservée aux interrogatoires, les bras chargés de documents. Il y posa les yeux un moment, puis regarda Brannigan.

— Vos avocats ont l'air d'avoir fait du bon boulot, monsieur Brannigan. Ils ont réussi à faire révoquer la plupart des accusations.

Brannigan sourit.

— Et pourquoi pas? répliqua-t-il. Je n'ai rien fait de mal.

Le sergent se contenta de hausser les épaules.

— Entre vous et moi, Brannigan, je sais que vous êtes coupable. Et je vais vous avoir à l'œil. Au moindre faux pas, vous vous retrouvez à l'ombre.

— Est-ce une menace, sergent?

— Non, c'est un avertissement.

— Eh bien, laissez-moi vous en lancer un à mon tour. J'ai investi beaucoup d'argent dans cette expérience, et si elle ne se faisait pas à cause d'une ingérence policière, je chargerais mes avocats d'intenter des poursuites judiciaires, réclamant le maximum de réparations financières.

— Ah vraiment? Dans ce cas, voici un autre avertissement pour vous: j'ai fait vérifier votre dossier par un agent de l'escouade des fraudes. Il n'a pas encore terminé son enquête, mais tout laisse à penser que, dans les derniers sept ans, vous n'avez déclaré qu'un tiers de vos revenus. Vous vous rendez compte des conséquences d'une telle escroquerie?

Brannigan hocha lentement la tête.

— À la bonne heure. L'enquête va se poursuivre encore quelques jours. Un petit conseil: voyez donc votre comptable et essayez de verser l'argent que vous devez avant qu'une douzaine de représentants du fisc ne viennent frapper à votre porte.

Il plaça les documents dans un dossier et alla ouvrir la porte.

— Au revoir, monsieur Brannigan. J'espère que nous n'aurons plus à nous rencontrer dans de telles circonstances.

Légèrement tremblant, Roger Brannigan se retourna et quitta le poste de police.

○

De retour au poste, Cathy téléphona à Margaret. Celle-ci lui parut d'une humeur inhabituelle, jusqu'à ce qu'elle se rende compte que sa tante s'était ennuyée d'elle.

— Stephen est parti, et il ne reviendra plus.

— Que s'est-il passé?

— C'est une longue histoire. Écoute, quand reviens-tu?

— Ils m'ont dit que je pouvais rentrer aujourd'hui. Mais...

— Mais quoi? demanda Margaret après un moment d'hésitation.

— Mais je ne suis pas sûre de le vouloir.

— Ne t'inquiète pas, Cathy, tout sera comme avant.

— C'est justement ce que je redoute. Soyons franches, Margaret. Tu es une mégère et, en ce moment, je n'ai pas du tout envie de redevenir ton souffre-douleur. Si je reviens chez toi, les choses devront changer. Nous serons toutes les deux sur un pied d'égalité, d'accord?

— Cathy, je ne te comprends pas. Ça ne te ressemble pas de...

— On a besoin d'avoir une bonne discussion toutes les deux. Allez, à plus tard.

Cathy raccrocha et, se tournant vers la policière, lui demanda:

— Ça a été, comme ça?

La jeune policière s'esclaffa.

— Tu lui as dit ses quatre vérités, en tout cas!

— Et ce n'est qu'un début, précisa Cathy en souriant.

○

— Peut-être que c'était seulement mon imagination, après tout, dit Cathy, comme elles marchaient vers l'autobus. Quand j'y repense, c'est comme un rêve. Ma capture, ma fuite. Les histoires que Clair-de-Lune m'a racontées, l'eau purifiée de la mare. Même les chiens. Tout cela aurait pu n'être qu'un rêve.

— Si ça peut te consoler, Cathy, les agents qui enquêtaient sur l'effraction commise chez Brannigan ont tous deux affirmé que Clair-de-Lune avait une corne d'or.

Saisie, Cathy s'immobilisa.

— Alors, vous me croyez?

— Je n'ai jamais cru ni à la magie ni aux licornes, Cathy, mais je n'ai aucune raison de croire que tu mens. Disons simplement que Clair-de-Lune avait une corne d'or – appelle-le une licorne, si tu veux – mais je ne crois pas qu'il ait eu des pouvoirs magiques.

— Il en avait pourtant. Je me demande ce qui est arrivé. Ces hommes-là sont-ils revenus enlever son corps?

— Ces gens-là me paraissent impitoyables. Il est possible qu'ils veuillent vendre le corps de Clair-de-Lune au plus offrant. Il y a sûrement des tas de gens qui paieraient cher pour avoir une licorne empaillée dans leur salon... Excuse-moi pour cette remarque. Le moins qu'on puisse dire, c'est qu'elle manquait de tact.

— Ne vous en faites pas, j'ai compris ce que vous vouliez dire. Mais voyez-vous, Clair-de-Lune m'a dit que la magie est toujours présente. Elle ne peut être ni créée ni détruite. Peut-être a-t-il laissé un peu de magie derrière lui. Peut-être un jour y aura-t-il une autre licorne.

— D'un point de vue de la magie, ce serait possible.

— Le docteur Feyerman a prélevé des échantillons de sang sur Clair-de-Lune, enchaîna Cathy. Il m'a dit qu'il pourrait reconstituer une autre licorne à partir de l'ADN de Clair-de-Lune. C'est ça! s'exclama-t-elle soudain. C'est ce qui va se passer!

La policière s'arrêta et regarda Cathy par-dessus son épaule

— C'est ça! répéta Cathy. Il y aura d'autres licornes! Des tonnes! Feyerman ne voudra pas n'en recréer qu'une seule, au cas où la même chose se reproduirait. Qui sait?

Dans l'avenir, il y en aura peut-être des centaines!

— Des milliers! renchérit la policière.

— Et un jour, peut-être, des millions!

Cathy sourit et inspira profondément.

— C'est terminé pour Clair-de-Lune, mais il a fait beaucoup de bien pendant qu'il était ici.

— De quelle façon?

— Eh bien, pour commencer, il m'a fait sortir de chez moi! dit Cathy en riant. Non mais, sérieusement, il m'a donné une chose que je n'avais pas connu depuis longtemps: l'amitié.

— Et la confiance en toi, ne l'oublie pas.

— Vous avez raison, dit Cathy, en retournant sur ses pas pour contempler les champs une dernière fois. Adieu, Clair-de-Lune.

Une larme coula le long de sa joue, mais elle l'essuya du revers de la main et se remit à marcher, plus vite cette fois, afin de rattraper la policière. Pour la première fois, elle sentit que sa vie avait un sens.

Elle se rappela quelque chose que Clair-de-Lune avait essayé de lui faire comprendre, mais vainement jusqu'à maintenant. Cela avait eu lieu à Dunlavin, lorsqu'elle était allée le sauver. Elle lui avait demandé pourquoi il l'avait choisie, elle.

Tu étais là à ma naissance. Quand j'ai eu besoin de quelqu'un, tu m'as aimé et tu m'as aidé. Tu es pure et bonne, Cathy. Je n'aurais pas pu demander mieux..

ÉPILOGUE

Des années plus tard, un terrassier municipal qui creusait un fossé dans ce qui avait autrefois été une petite forêt, trouva le squelette d'un chien. Ne sachant trop qu'en faire, il entra en contact avec le vétérinaire de l'endroit en se disant que celui-ci saurait peut-être ce qui s'était passé.

Joignant leurs efforts, le terrassier et le vétérinaire déterrèrent les tombes de deux autres chiens. Tous étaient des Rottweiler et étaient morts de blessures graves.

— Regardez celui-ci, dit le vétérinaire. Il a eu la poitrine transpercée par quelque chose d'extrêmement puissant. Ça lui a traversé le corps.

Le terrassier secoua pensivement la tête.

— Très bizarre, dit-il. Et voyez un peu ces empreintes sous le corps.

Le vétérinaire les examina.

— Si c'était possible, je dirais que ces chiens ont été enterrés par un cheval. C'est absurde, vraiment, mais ces empreintes ont tout l'air d'avoir été faites par des sabots de cheval!

○

Il faisait bon vivre dans les montagnes de Wicklow. Clair-de-Lune s'y chauffait au soleil du matin en se rappelant le jour où, des années auparavant, Cathy avait guéri ses blessures dans l'étang qui s'étendait devant lui.

De temps en temps, ses vieilles blessures lui causaient des élancements, mais rien de grave. Des cicatrices se voyaient toujours sur son dos et son cou, même à travers la blancheur de sa toison. Il aurait pu les faire disparaître, mais il les gardait en souvenir.

Un bruissement le fit se retourner. Une vielle jument brune vint s'étendre à ses côtés en se serrant contre lui. Depuis qu'il l'avait sauvée d'un fermier cruel, ils s'étaient pris d'affection l'un pour l'autre.

Il y eut un éclaboussement soudain causé par la chute d'une masse à l'autre bout de l'étang. Puis un deuxième. Et un troisième.

Les jeunes licornes jouèrent un moment dans l'eau pure, puis elles sortirent de l'étang et vinrent dormir aux côtés de leur père.

Clair-de-Lune ferma les yeux. Beaucoup de temps devrait s'écouler avant que l'harmonie ne soit rétablie entre les licornes et les humains. Mais Clair-de-Lune n'en avait cure.

Pour le moment, il était heureux.

Note de la traductrice

La publication de ce roman irlandais par les Éditions Pierre Tisseyre coïncide avec le 150e anniversaire de la grande famine en Irlande. Durant le reste de l'année 1996 et durant toute l'année 1997, des événements spéciaux marqueront le rôle joué par Grosse Île, une île du Saint-Laurent, située près de Montmagny. Lors de cette tragédie, Grosse Île a aussi été surnommée «île de la Quarantaine». C'est là que des milliers de pauvres Irlandais affamés, chassés de leur pays par la maladie de la pomme de terre, leur seule nourriture, durent subir un examen médical avant de gagner leur havre, la ville de Québec.

En effet, il y avait beaucoup de maladies à bord. Les bateaux sur lesquels ils traversaient l'Atlantique étaient destinés, non pas au transport des passagers, mais à celui du bois de charpente. Du Québec, le bois était livré en Angleterre et, au retour, les bateaux étant vides, les propriétaires les bourraient de passagers, augmentant ainsi leurs profits.

Les immigrants étaient entassés dans la cale où, dans une atmosphère pestilentielle, ils étaient privés de tout moyen sanitaire; le typhus, le choléra et la mort régnaient. Il fallait donc protéger la population canadienne, et c'est pourquoi ces immigrants devaient faire escale à Grosse Île.

Des milliers d'Irlandais survécurent et s'établirent au Québec, mais des milliers d'autres moururent aussi à Grosse Île, laissant de nombreux orphelins qui furent ensuite adoptés par des familles canadiennes. Plusieurs Canadiens français, dont je suis, ont dans les veines du sang irlandais. En lisant ou en relisant ce roman passionnant, n'oublions pas nos malheureux ancêtres.

Michelle Ahern Tisseyre

Collection Conquêtes

1. **Aller retour,** de Yves Beauchesne et David Schinkel, prix Cécile-Rouleau de l'ACELF 1986, prix Alvine-Bélisle 1987
2. **La vie est une bande dessinée,** nouvelles de Denis Côté
3. **La cavernale,** de Marie-Andrée Warnant-Côté
4. **Un été sur le Richelieu,** de Robert Soulières
5. **L'anneau du Guépard,** nouvelles de Yves Beauchesne et David Schinkel
6. **Ciel d'Afrique et pattes de gazelle,** de Robert Soulières
7. **L'affaire Léandre et autres nouvelles policières,** de Denis Côté, Paul de Grosbois, Réjean Plamondon, Daniel Sernine et Robert Soulières
8. **Flash sur un destin,** de Marie-Andrée Clermont en collaboration avec un groupe d'élèves de l'école Antoine-Brossard
9. **Casse-tête chinois,** de Robert Soulières, Prix du Conseil des Arts 1985
10. **Châteaux de sable,** de Cécile Gagnon
11. **Jour blanc,** de Marie-Andrée Clermont et Frances Morgan
12. **Le visiteur du soir,** de Robert Soulières, prix Alvine-Bélisle 1981
13. **Des mots pour rêver,** anthologie de poètes des Écrits des Forges présentée par Louise Blouin
14. **Le don,** de Yves Beauchesne et David Schinkel, Prix du Gouverneur général l987, Certificat d'honneur de l'Union internationale pour les livres pour la jeunesse (IBBY)
15. **Le secret de l'île Beausoleil,** de Daniel Marchildon, prix Cécile-Rouleau de l'ACELF 1988

Collection des Deux solitudes, jeunesse
dirigée par Marie-Andrée Clermont

1. Cher Bruce Springsteen
de Kevin Major
traduit par Marie-Andrée Clermont

2. Loin du rivage
de Kevin Major
traduit par Michelle Tisseyre

3. La fille à la mini-moto
de Claire Mackay
traduit par Michelle Tisseyre

4. Café Paradiso
de Martha Brooks
traduit par Marie-Andrée Clermont

5. Moi et Luc
de Audrey O'Hearn
traduit par Paule Daveluy

6. Du temps au bout des doigts
de Kit Pearson
traduit par Hélène Filion

7. Le fantôme de Val-Robert
de Beverley Spencer
traduit par Martine Gagnon

8. Émilie de la Nouvelle Lune
de Lucy Maud Montgomery
traduit par Paule Daveluy (4 tomes)
Certificat d'honneur IBBY pour la traduction

EN GRAND FORMAT

La promesse de Luke Baldwin
de Morley Callaghan
traduit par Michelle Tisseyre
La main de Robin Squires
de Joan Clark
traduit par Claude Aubry
En montant à Low
de Brian Doyle
traduit par Claude et Danielle Aubry
D'une race à part
de Tony German
traduit par Maryse Côté
La passion de Blaine
de Monica Hughes
traduit par Marie-Andrée Clermont
Écoute l'oiseau chantera
de Jean Little
traduit par Paule Daveluy
Une ombre dans la baie
de Janet Lunn
traduit par Paule Daveluy
Tiens bon!
de Kevin Major
traduit par Michelle Robinson
La malédiction du tombeau viking
de Farley Mowat
traduit par Maryse Côté
Jasmine
de Jan Truss
traduit par Marie-Andrée Clermont
Certificat d'honneur IBBY pour la traduction

Imprimé au Canada

Métrolitho
Sherbrooke (Québec)